Temperino rosso
edizioni

Attilio Fortini

E Zarathustra parlò col fuoco

Romanzo

Temperino rosso edizioni

Titolo: E Zarathustra parlò col fuoco

Autore: Attilio Fortini

Editore: Temperino rosso edizioni

Prima edizione 2014

ISBN 978-88-98894-08-6

a Maria Rosa

E Zarathustra parlò col fuoco

— Sei stato ancora da lei?

— No no, te l'ho detto: è finita!

— Impostore, sei andato!

— Giuro, no!

— Ti conosco bene, ci sei andato!

— Cosa te lo fa capire?

— I tuoi occhi: idiota!

— E cosa avrebbero i miei occhi?

— Un'espressione disperata, triste, trova tu la parola giusta.

— Rassegnata?

— Sì, forse, rassegnata, ma dimmi... come hai fatto ad innamorarti proprio di una...

— Prostituta?

— Esatto, proprio di una con quel nome.

Ma è quello che continuo a chiedermi anch'io: come ha fatto, come ha fatto mio fratello ad innamorarsi di una... di una così? E poi è talmente carino, simpatico, intelligente... che un po' mi sono innamorata anch'io di lui. Inoltre è un ispettore di polizia, un mestiere il suo come dire... rispettabile? No, non rispettabile: eroico? Sì, eroico va bene, basti pensare a quanti chilometri di pellicola, quante ore di telefilm, o come le chiamano oggi, di *fictions*, sono state girate con un ispettore di polizia protagonista. Ma nostro padre l'aveva sempre detto che eravamo troppo buoni, troppo per far fronte alle schiere di lupi che popolano questa terra. "Cercate la saggezza, ma siate anche sempre attenti" ci disse con quel poco d'aria che gli restava.

— Ti ricordi Marco cosa ci disse papà?

— Ma cosa c'entra questo adesso con il fatto che mi sono innamorato di Gesy?

— È vero, non c'entra nulla.

Ha ragione: che diritto ho d'immischiarmi nei suoi sentimenti? Solo che mi spezza il cuore vederlo così. Ma in fondo nostro padre non è che avesse completamente ragione. Noi siamo vigilanti, Marco è persino ispettore! Quello che ci rende vulnerabili, forse, è solo una nostra certa venatura: quella che ci fa essere un po' troppo idealisti; esseri che non hanno rinunciato del tutto al mondo dei sogni. Ma che male c'è ad essere così, almeno un po'? Nostro padre poi... non è che nei fatti fosse tanto diverso da noi, seppur a parole non lo avrebbe mai ammesso: ci voleva troppo bene per ammetterlo! Sì, è così, e come tutti i vizi: anche il nostro ha un prezzo! Il prezzo da pagare quando si è, ad esempio, come Marco. Il mio caro e dolce fratellino, che quando decise d'entrare nella polizia mi fece ridere per tre giorni. Noi che c'eravamo laureati entrambi nella disciplina meno redditizia in assoluto: la filosofia. Lui con una tesi sulla carcerazione in

Beccaria e Foucault, io sulla verità in Heidegger. Ma avrei dovuto immaginarlo: non si perdeva nemmeno una puntata del tenente Colombo. Cosa diceva? Ah sì, ora ricordo; diceva che le sceneggiature di quei telefilm erano state scritte da qualcuno che si era preso come maestro Platone; diceva: "Colombo, il tenente Colombo, non è diverso da Socrate, dal Socrate di Platone", ovvero colui che andava ad interrogare i potenti, che li metteva alle strette con la sua dialettica incalzante, con le sue domande pungenti, basate solo sulla correttezza della ragione. La sua potenza intellettuale era spiazzante, non c'era scampo. Nietzsche duemila anni dopo sostenne che era stata solo quella la causa per cui lo misero a morte. Il suo corrompere i giovani ad Atene sarebbe stata solo una scusa, o meglio, una scusa vera. Socrate immetteva in loro il germe dell'intelligenza, quando invece, sempre per Nietzsche, ciò che doveva contare in quella società era la forza. E come dargli torto? L'antica Grecia in fondo, con tutti i suoi filosofi, con tutto il suo sapere, non ha sopravissuto all'impatto dell'arroganza romana. E la stessa Roma, quando ha iniziato ad insinuarsi il germe dell'intelligenza cristiana, non ha resistito all'impatto delle orde barbariche.

L'intelligenza non paga, mai!

Basti vedere con che macchina è costretto a spostarsi il povero tenente Colombo, lui che ha sempre una questione da porre, che con la sua apparente ingenuità sfinisce i suoi avversari, in genere ricchi e potenti, ma senza alcuna moralità, e che alla fine sono quasi persino contenti d'essere stati smascherati, contenti di potersi finalmente redimere.

Ma perché non ho fatto anch'io la poliziotta?

Io però non è che ami eccessivamente l'ordine pubblico, anzi, preferisco di gran lunga quello delle persone, di ordine; l'ordine del pensiero anche, e poi io volevo fare la filosofa, ma purtroppo con la mia laurea in tasca ho iniziato ad interrogare i motori di ricerca, immettevo la parolina sugli svariati siti d'offerte: "filosofo"; ero persino disposta a rinunciare alla differenza di genere: "filosofa", ma non usciva mai nulla. La filosofia non è un lavoro! Questa professione non esiste! Una filosofa non se ne parli nemmeno, anzi, quello nemmeno pubblicamente potevo dirlo, altrimenti rischiavo la derisione e il marchio d'essere troppo presuntuosa.

Uno che si laurea in psicologia è uno psicologo, uno che si laurea in architettura è un architetto, uno che si laurea in medicina è un medico, uno che si laurea in filosofia: è un cazzo!

Sì, almeno qui da noi è così. In Francia, che sembrano meno elitari, è sufficiente un titolo universitario, qui da noi invece no, non basta. Siccome è considerato chissà quale vanto, essere filosofo, filosofa (che poi ad essere un po' più attenti vuol solo dire: ragionare con la propria testa), si diviene filosofi solo quando magari un qualche giornalista lo decreta, quando uno che ha studiato filosofia, e che solitamente fa anche l'insegnante, ed ha perciò anche il tempo di scrivere dei libri (che però purtroppo non leggerà quasi mai nessuno oltre ai suoi obbligati e sparuti allievi), affronta un tema con una certa e presunta originalità. Quando insomma s'inizia, oltre che ad avere delle idee, anche a farle conoscere. Non è sufficiente pensare, essere qualcuno che interroga il mondo, questo non basta. Ed è anche per questo che qui da noi sembrano più filosofi gli allenatori delle squadre da calcio, piuttosto che chi ha studiato per davvero la filosofia. Difatti sono quelli, i *Mister*, che mostrano sul campo la loro "filosofia di gioco", la quale, come tutte le migliori dottrine, possiede i suoi sostenitori e detrattori, quelli che andranno poi alla "tele" ad alimentare le varie dispute "filosofiche" del dopopartita.

Insomma, per essere filosofi nella nostra società bisogna essere tutt'altro; inoltre, come minimo, si dovrebbe almeno essere letterati. Socrate, che non ha mai scritto nulla, oggi non avrebbe scampo! Ma non solo letterati, bisognerebbe anche vendere qualche libro, e non solo scriverlo, perché scriverlo senza venderlo è proprio come se non l'avesse letto nessuno, e non avere lettori, è proprio come non avere scritto nulla. È così che si diventa filosofi, non studiando e pensando semplicemente!

Io non ho mai scritto libri, ho solo una laurea in filosofia, proprio come mio fratello, solo che lui ora grazie a Colombo è ispettore di polizia, io invece: nulla!

— Comunque l'espressione del mio volto non è dovuta solo a Gesy, mi rimbeccò Marco.

— A cosa allora? Replicai incuriosita.

— Te lo ricordi il Professor Pallanzi?

— E chi se lo dimentica quel pazzo furioso, il profe più fuori di tutta la facoltà; come avrei potuto dimenticarlo.

— L'hanno trovato morto, è stato ammazzato, mi disse con una voce sommessa.

— No, non posso crederci, come ammazzato, da chi? Era impossibile, com'era immaginabile una cosa del genere!

— Questo è tutto ancora da vedere, mi rispose riprendendo un tono di voce comprensibile, l'hanno trovato nell'Adige, sotto il Ponte di Castelvecchio; era riverso con il viso nell'acqua, il corpo metà dentro metà fuori, e con due fori nella schiena: arma da fuoco, evidentemente. Attendiamo il referto medico legale per saperne di più.

— Ma come fai ad essere così cinico!

— Non sono cinico, solo che in questo mestiere non bisogna farsi coinvolgere troppo, altrimenti...

— Altrimenti cosa: ma tu l'hai visto?

— Mmh...

— Marco, rispondi! L'hai visto?

— Perché, cosa cambierebbe averlo visto? Certo che l'ho visto!

— Oddio! Ma avete una pista, qualcosa, degli indizi?

— No! Abbiamo solo il corpo con due proiettili nella schiena.

— Sembra persino che ci trovi gusto a parlare in questo modo.

— Ok ok, con te non si può ragionare, ci vediamo più tardi.

Il professor Pallanzi... e sì che era anche un bell'uomo, così affascinante. Le studentesse gli ronzavano sempre attorno, e lui non se ne dispiaceva. Mi ricordo ancora quando mi trovai a sostenere il suo esame: lo sguardo assente, mi fissava come se fossi un foglio di carta trasparente. Per l'occasione m'ero persino acquistata un flacone di Chanel n°5 da 100 mg.: una vera fortuna! Che sia stato quello a rendermi diafana ai suoi occhi? Sì, forse avevo esagerato a spruzzarmelo. Aveva una barbetta ben curata che gli offriva quel tono appena appena austero dell'uomo di scienza; un viso appuntito, piuttosto tagliente, e uno sguardo indagatore. Non si sapeva mai bene dove volesse andare a parare con le sue domande. Di tutti i profe con i quali ho sostenuto degli esami, lui era di certo il più imprevedibile. Ci si poteva preparare per filo e per segno perfettamente, imparando tutto a memoria, che non serviva a molto con lui. Scavava, scavava... Con i suoi silenzi era come se ti chiedesse sempre di più. Le parole che si potevano pronunciare erano sempre inadeguate, e le sue domande, sempre fuori luogo. Proprio come quella volta in cui mi chiese: "Secondo lei signorina, Dio, quanti anni ha?"

Ma che domanda era quella!

Io ero lì per sostenere semplicemente un esame, per trattare il suo argomento, ero lì per parlargli dei Presocratici: Eraclito, Parmenide, per fare solo due dei nomi più noti, e lui mi chiedeva dell'età di Dio! A quel punto non seppi più dove andare a pescare una risposta plausibile. Cercai d'immaginare cosa gli frullasse in testa per potermi fare una domanda del genere. In due secondi tentai di ripensare tutto quello che gli avevo appena detto: ipotizzando che se la terra avesse, come sembra, cinque miliardi di anni, Dio poteva avere quell'età lì; ma ciò sarebbe stato valido solo se si crede, come le principali religioni sostengono, che Dio sia il Creatore. Inoltre se così fosse stato, allora bisognava considerare anche i cieli, perché si sa che Dio, per le religioni, ha creato anche quelli. Bisognava dunque considerare gli studi più recenti sull'universo, ossia quanti milioni d'anni luce, o miliardi, qui navigavo proprio nel buio, distavano le stelle più lontane tra di loro. La questione era complessa anche per uno studente d'astrofisica. Bisognava conoscere tutte le teorie, e poi rimaneva sempre in forse la questione principale: doveva trattarsi di un'entità creatrice oppure solo di un principio? Perché si sa che Dio è indimostrabile.

Fu per questo che non risposi all'unica domanda che il professor Pallanzi mi fece nei venticinque minuti del mio esame. Mi guardò, aspettò ancora un po', intanto che nella mia mente i milioni d'anni s'avvinghiavano ai miliardi, e poi disse: "È questa la sua risposta?" Io, che non avevo ancora pronunciato una sillaba, ebbi l'illuminazione d'accennargli con la testa un sì. E poi, visto che le sue labbra prendevano la piega di un sorriso, ruppi gli indugi ed esclamai: "Sì!" Un sì come non ne avevo mai detti, chiaro e limpido: "Sì!"

Fu allora che mi disse: "Brava signorina, con questa risposta lei si è guadagnata un trenta e lode".

Ero al settimo cielo, era il mio primo ed ultimo trenta e lode, e continuò: "Lei si merita questo voto perché ha avuto la fortuna d'intuire che in riguardo a ciò che non si può sapere, l'unica cosa che si può fare: è star zitti! Non dire nulla è dunque una buona risposta, o se vuole, la miglior risposta!"

Avevo imparato molto con quell'esame. Di solito con gli esami non s'impara mai nulla, a parte il fatto di divenire più furbi per meglio giocare le proprie carte nei prossimi. Ma in quello lì, in me, era avvenuto qualcosa.

Dopo essere venuta a conoscenza della sua morte, la mia reazione quasi istintiva fu quella di ritornare all'università. Il chiostro era come me lo ricordavo, non era cambiato molto. San Francesco da Paola era sempre là con il fuoco in mano, sempre intento a compiere i suoi atti prodigiosi. Le volte a vela, che facevano da ombrello agli affreschi che lo ritraevano, continuavano a permettere il miracolo: bene, mi dissi. Gli studenti invece quelli erano cambiati, questo sì. Forse solo nelle apparenze, ma non erano più gli stessi. Nessuna ragazza si sarebbe immaginata d'andare a lezione con l'ombelico in bella mostra ai miei tempi. Così come nemmeno con tutto quel gel sulla testa: ma cosa devono raffreddare quei giovanotti di tanto caldo? Non di sicuro il fuoco di San Francesco. Eh... la moda, o più correttamente, ecco: la moda!

Anche la biblioteca era sempre la stessa. Sempre senza un posto a sedere. Tra tutta quella gente non riconoscevo più nessuno, o forse sì? Forse alla biblioteca del dipartimento c'era ancora qualcuno! Salii in fretta e chi ritrovai? Marta!

Era ancora lì, con qualche capello bianco in più, ma sempre con la sua espressione da miope rivolta allo schermo sfavillante del computer. Nemmeno quel vecchio schermo catodico le avevano ancora cambiato: povera Marta. Era lei la mia più fidata spacciatrice di libri, quando dovevo trovare qualcosa d'introvabile. Me li faceva arrivare da tutt'Italia, a volte anche dall'estero. Il suo era un amore innato, quello per i libri. Mi chiedevo come avrebbe potuto fare senza il loro spessore, senza la loro consistenza, ora che tutto era ormai votato all'immaterialità dei *bits*. Salutandola mi resi subito conto che aveva però già assimilato la metamorfosi di quel mezzo, forse il più importante del sapere: la parola scritta. Difatti non staccava un attimo il suo sguardo dallo schermo. Stava cercando qualcosa. Stava sempre cercando qualcosa. Anche lei in fondo non era molto cambiata, solo l'abito, solo la moda era cambiata, anche per lei.

— Ciao Marta, ti ricordi ancora di me?

— Per chi mi hai preso? Tu sei... Tu sei quella che mi ha perso tutte e tre le Critiche di Kant!

Era vero, solo che non era stata solo colpa mia, o almeno: non solo!

— Vedo che hai buona memoria per le cose sgradevoli, e per le altre?

— Quali altre?

— Ad esempio le cioccolate con panna, e i cornetti alla crema e marmellata che ci siamo gustate insieme: quelle non te le ricordi?

Fu allora che mi allungò una mano e mi diede un piccolo schiaffetto sulla guancia, che però era più una piccola carezza, dicendomi:

— No... quello no, non farmelo ricordare: sono rigorosamente a dieta ora!

— Un caffè con l'edulcorante allora? Le dissi con decisione, non poteva rifiutare.

— E sia per un caffè, con quella roba lì, che mi fa piangere solo a nominarla, anzi, facciamo un cappuccino che non ho ancora fatto colazione.

Mise il solito biglietto sulla porta e mentre scendevamo le scale le chiesi:

— Cosa ne pensi di quello che è successo a Pallanzi?

Ma la mia domanda non sembrava proprio sorprenderla, perché subito mi rispose:

— Non mi ci far pensare, non ci credo ancora.

Il suo cappuccino era troppo bollente, il mio caffè troppo amaro, misi ancora mezza bustina di zucchero, almeno finché non tolgono definitivamente i dubbi sulla cancerosità dell'aspartame, io rimango sempre *fans* dello zucchero, raffinato o meno che sia.

— Sai mio fratello l'ha visto, continuai, prima che mi cambiasse discorso.

— Chi? Marco?

— Sì Marco, ma forse non se lo ricordava che è l'unico fratello che ho.

— E come ha fatto a vederlo? Mi chiese sorpresa.

— Ma non lo sai? Marco è un ispettore, un ispettore di polizia!

— Un ispettore!? Ribatté ancor più incredula di prima.

— Sì, proprio così: un ispettore.

— No... non ci credo.

— Credici!

— E tu cosa sei diventata invece?

Dovevo immaginarlo che saremmo arrivate lì.

— Io? Io beh... ancora niente, niente di niente.

— E cosa c'era d'aspettarsi da una che ti perde tutte e tre le Critiche di Kant, e rincarò: non una: tutte e tre!

I libri... no, non bisognava proprio toccarglieli a Marta, me l'ero un po' scordato. Dovetti perciò difendermi:

— Guarda che comunque non era stata solo colpa mia: ma tu ti ricordi solo quello che vuoi, le feci un po' seccata per il suo continuo rimarcare quella mancanza.

— Non prendertela sciocchina, mi fece allora per rassicurarmi, lo sai che scherzo.

— Ma anch'io scherzo, le ribadii, senza troppo crederci e solo per far pace, so d'essere permalosa: ma sono così! E poi aggiunse:

— Io me la sentivo che prima o poi gli sarebbe successo qualcosa a Diego.

Loro tra colleghi se lo potevano permettere di chiamarsi per nome.

— Perché dici così?

— Lui è sempre stato un originale, questo lo sai bene anche tu; solo che negli ultimi tempi mi sembrava davvero che fosse partito.

— Cosa intendi?

— Come dire...

— Che fosse impazzito? Le conclusi la frase.

— Mmh... sì, diciamo così, anche se il termine pazzo è un po' eccessivo. Aveva come dire... beh, non so... ecco: era come se avesse perso i riferimenti, tutte quelle cose che fanno in modo che una conoscenza sia comunicabile, trasmissibile; ad esempio era ormai da sette o otto anni che non scriveva più nulla, si era fissato sul fatto che la filosofia doveva divenire una scienza intuitiva, non universale, in pratica una "non scienza", e se vuoi questo potrebbe essere pure interessante, anche perché la filosofia non è mai nemmeno riuscita ad essere una vera e propria scienza, solo che lui poi aggiungeva il fatto che era esclusivamente dove un filosofo aveva vissuto che si sarebbe potuto attingere la verità della sua dottrina. Non ti sembra un po' strano? Dimmi te, cosa potrei capire io di più se mi dovessi leggere *La Repubblica* di Platone ad Atene piuttosto che qui a Verona? Ma lui di tutto ciò era più che convinto!

— Sì, forse hai ragione, non era diventato pazzo, le accennai con un sorriso divertito.

— Ah, così credi anche tu che se si legge un libro dove un filosofo ha vissuto, si può capire qualche cosa che non si capirebbe in un altro luogo?

— No Marta, non voglio dire questo.

— E poi questo discorso potrebbe passare per un Nietzsche, continuò lei, un Heidegger, un Croce, insomma qualcuno che non ha vissuto duemila o più anni fa, solo che lui sosteneva che la cosa non riguardava principalmente i contemporanei, ma piuttosto quei filosofi vissuti molto tempo addietro. Diceva che vi era una relazione equazionale tra il tempo trascorso e il luogo in cui un filosofo avesse vissuto, e che più il tempo era trascorso, e più diventava importante anche identificare con precisione dove certe cose fossero state pensate, dette, scritte: sei ancora della stessa opinione?

— Non so Marta, tutto quello che mi dici mi è completamente nuovo, dovrei pensarci, e proseguì:

— Lui questa cosa che ti ho appena detto la faceva passare per una nuova tecnica filosofica che chiamava: "Esegesi archeologica della filosofia". Il problema però non era tanto il fatto che si fosse immaginato questa cosa, ma piuttosto che ci credesse davvero, e per di più per eseguire i suoi scavi esegetici ad Efeso, Mileto, Crotone... insomma, in tutti quei luoghi dove avevano vissuto i filosofi antichi, chiedeva soldi in Consiglio d'Istituto! Gli altri profe, tieni presente che li ho visti e sentiti di persona, ridevano della sua esegesi archeologica, ciononostante, quando si dovevano spartire la torta dei miseri finanziamenti statali per la ricerca, non potevano fare a meno di dare qualcosa anche a lui. Era sempre un ordinario in fondo, non un semplice ricercatore. Lui poi ci metteva anche del suo per andare in giro per il mondo con qualche dottorando a fare i suoi scavi esegetici. Per concludere non lo vedevo quasi più, e quelle poche volte che passava in biblioteca mi chiedeva di tutto. Andava dagli atti dei convegni di Pitagora, Giordano Bruno, Hegel, Marx... a quelli sulla cabala, l'astrologia, l'esoterismo... Mi chiedeva opere di matematica, d'idraulica, di fisica atomica, magnetismo, alchimia, biologia alimentare, di... di... di tutto mi chiedeva! Non mi sarei sorpresa se un giorno mi chiedesse *Novella 2000* o *Di Più*. Era senza limiti, era un bulimico del sapere; fagocitava un pezzo di qua e un pezzo di là, non leggeva quasi più nulla per intero. Quando veniva da me sembrava che più d'aprire la porta di una biblioteca aprisse quella di un frigo. Un frigo in un momento di crisi alimentare! E poi se ne andava come fosse un invasato che nemmeno si ricordava di salutarmi. Per fortuna io tante cose, anche se avessi voluto, non gliele potevo fornire, perché la mia come sai è solo una piccola biblioteca d'istituto, e a dirti il vero tante volte le sue richieste poi mi sembravano talmente campate in aria, che nemmeno mi preoccupavo troppo di cercare di procurargli quello che mi chiedeva. E come avrei potuto: dimmi te!?

— Marta, ti conosco: l'avresti fatto se solo ci avessi creduto, no? Non è così?

— Sì, forse hai ragione.

*

Era ormai tardi, Marco a quell'ora doveva essere già a casa. Da quando avevamo perso i genitori io ero divenuta per lui una madre, un po' una moglie, ma ero solo sua sorella. Per questo mi preoccupavo per lui, e poi sapendolo da Gesy, ero gelosa, e dove poteva essere a quell'ora? Lui invece non si era mai posto il problema di farmi da padre, da sposo... Marco è sempre stato più indipendente di me!

Eccola qui Gesy, ha anche un sito internet. Si presenta così: "Ragazza russa molto carina, dolce, affettuosa, per un caldo momento di relax, disponibile a realizzare le tue fantasie più nascoste, chiamami! Non te ne pentirai." Poi un po' più sotto: "No perversi, no maniaci, telefonami subito!"

È veramente bella Gesy: ha un corpo da favola! Il viso qui nella foto è nascosto dai capelli lunghi e morbidi, ma Marco mi ha confidato che è più bello persino del suo corpo, e io ci credo.

Finalmente eccolo.

— Ciao, hai mangiato?

— Sì sì, ho mangiato.

Ha la faccia triste anche questa sera. E sì che Gesy è così bella, perché lo rende sempre così triste?

— Sai, sono stata all'università oggi.

Certo che quella donna è strana. Nel suo annuncio dice che è disponibile a realizzare qualsiasi fantasia, però poi scrive: "No perversi, no maniaci", che si sa in certe cose sono anche quelli che hanno più fantasia. Deve essere proprio questa l'arma della seduzione: mostrare e non mostrare, offrire e non dare: l'unione degli opposti insomma.

— Hai capito cosa ti ho detto Marco? Sono stata all'università oggi!

Sarà per quello che è caduto nella trappola di quella lì?

— Ho capito, sei stata all'università, e allora?

— Come allora, non mi chiedi perché.

— Se non te lo chiedo è perché già lo conosco il tuo perché, non ti pare?

— Certo, sai sempre tutto tu, ma allora dato che sei così bravo, dimmi anche quello che ho scoperto.

— Hai saputo che Pallanzi era piuttosto isolato nel suo ambiente, che era divenuto poco credibile per i suoi colleghi, ma questo non è così tanto strano per l'opinione che i profe hanno reciprocamente tra di loro. Quello che ti ha invece sorpreso è il fatto che era iniziata a circolare la voce che fosse malato d'alzheimer, o comunque che fosse impazzito. Ma non è che una voce, perché i suoi più stretti collaboratori lo consideravano un genio. Un profe un po' folle, ma questo già lo sapevamo, così come geniale, e anche questo lo sapevamo. Del resto è risaputo che genialità e follia si accompagnano spesso.

— Vedo che ti diverte prendermi in giro: ti diverte?

— No, non mi diverte, scusami. Cosa hai scoperto?

— Non te lo dico se prima non mi dici una cosa.

— Quale?

— Sul suo sito Gesy dice... ma a proposito: come hai fatto a conoscerla?

— Me l'hanno presentata ad un convegno di criminologia.

— Smettila!

— Come vuoi che l'abbia conosciuta: dal sito! E dove avrei potuto conoscerla altrimenti?

— Non so, sei un poliziotto, in una retata o cose del genere.

— No, niente retata.

— Sai Marco a proposito del sito lei dice d'essere disponibile a tutte le fantasie, poi però mette: no perversi, no maniaci, quando tu sai bene d'essere entrambe le cose. Perché ci sei andato allora?

— Ora sei tu che mi prendi in giro! Comunque se t'interessa saperlo ci sono andato perché noi uomini, probabilmente più di voi donne (non è un caso che esistano più prostitute che prostituiti), abbiamo degli appetiti che voi probabilmente non avete, almeno così sembrerebbe.

Sì: "Che voi non avete"! Si è salvato solo perché ha pronunciato quel "probabilmente". È chiaro che delle donne il mio caro fratellino non ha ancora capito nulla. Che ne sa lui dei nostri appetiti? Che ne sa lui che Gesy, in fondo, piace anche a me. E come potrei dirglielo?

— E voi invece cosa avete scoperto? Le vostre indagini, da bravi poliziotti, a che punto sono?

— Non eri tu che dovevi parlarmi?

— Dopo dopo, prima tu, prima i difensori della legge.

— Ok, fammi pensare. A proposito: sai bene che di tutto ciò io non potrei dirti nulla?

— Sì lo so, ma facciamo che la regola l'adottiamo la prossima volta!

— Vorresti obbligarmi a trasgredire il regolamento? Perché non diciamo invece che il nostro è un regolare scambio d'informazioni tra un ispettore di polizia e il suo informatore?

— Diciamolo, anche se io non mi sento di aver dei problemi con quel tipo di coscienza lì; concedimi però una piccola rettifica: tra un ispettore e la sua consulente! Scusa sai... ma gli informatori in televisione sono sempre dei personaggi talmente viscidi! Pensa invece com'è più nobile la Signora in Giallo, oppure com'è geniale Monk. Ispettori e commissari al loro cospetto devono solo accontentarsi di una particina.

— Vuoi vincere sempre tu? Mi fece allora il mio caro fratellino con aria minacciosa, cosicché non potei che incalzarlo:

— Proprio come te Marco!

— Ok, siamo fratelli per qualcosa.

— Sì fratellino, mi piaceva chiamarlo fratellino, anche se sapevo che a lui dava fastidio, perché oltretutto è più vecchio di me. In questo modo però gli facevo capire che ero io ad occuparmi di lui, più che viceversa; in fondo era vero, almeno credo.

— Ebbene, sia l'autopsia che l'esame balistico hanno rilevato che l'arma da fuoco, che ha ucciso il professor Pallanzi, è una pistola calibro nove; un'arma da guerra insomma, usata in alcuni casi anche dalla polizia. Tu sai bene che non è il mio caso; a me basterebbe anche solo uno sguardo ipnotico, ma purtroppo devo portarmi della ferraglia addosso, la più leggera possibile però.

— Marco, ti prego, stringi!

— Stringo stringo; inoltre dov'è stato rinvenuto il corpo non è probabilmente dove gli hanno sparato. I rilevamenti hanno evidenziato che il cadavere è rimasto in acqua almeno un giorno, forse due, attendiamo una perizia più dettagliata, e quello è un luogo dove passa molta gente: qualcuno avrebbe dovuto vederlo molto prima. È caduto o è stato gettato in acqua più a monte, forse a Parona, o forse più su ancora verso il Trentino. Abbiamo poi interrogato i due borsisti, quelli seguiti da lui per il dottorato: un uomo ed una donna. È emerso che erano piuttosto loro a seguire il Professore, o meglio: ad inseguirlo! E poi ride.

Marco quella sera continuò a parlarmi dell'interrogatorio; ogni tanto inseriva qualche sua elucubrazione, ed io dovevo indicargli, seppur con discrezione, l'orologio. Difatti ne inseriva più del solito quella sera, d'elucubrazioni, in fondo ero però anche contenta: ci vedevo la voglia di fare un po' anche il suo di punto della situazione, e magari chissà, riuscire a superare quel momento critico, quel suo amore sbagliato; era almeno così che credevo allora. Per il resto, per quanto riguardava il professor Pallanzi, o come lo chiamava la mia amica Marta: Diego, per il resto quello che Marco mi diceva non è che m'importasse molto. Del come e perché il povero profe fosse stato ucciso, non mi suscitava in definitiva un grand'interesse; la ricerca dei colpevoli non era la cosa che più mi appassionava, era piuttosto cercare di comprendere perché era divenuto ciò che era, comprendere come avesse vissuto, quello sì lo trovavo molto più stimolante per me, ossia per una che ha d'innanzi ancora da vivere, che ha bisogno ancora d'interrogare la propria vita. Le mie se vogliamo non erano necessità sociali o sociologiche, io non ero un poliziotto, non ero una sorta di giustiziere, le mie esigenze erano più esistenziali. Era per questo che quel "crimine" m'interessava. La morte del professor Pallanzi era stata per me uno *shock*, ma uno *shock* positivo; in un certo modo mi aveva permesso di riappropriarmi di me stessa, di riprendere un cammino che con il tempo si era interrotto, perso nella monotonia della routine quotidiana. La sua morte, assieme all'eccezionalità della sua vita, paradossalmente m'aveva permesso di gettare lo sguardo sull'eccezionalità della vita stessa, e principalmente sul fatto che questa, la vita, possa anche essere qualche cosa di meraviglioso, a patto che si forzino i suoi limiti, perché altrimenti è, e resta, semplicemente una sorta di gabbia per il proprio corpo. Era ciò che la sua morte mi stava insegnando. Ancora una volta questo profe mi stava permettendo d'apprendere qualcosa d'importante, e ancora una volta, guarda caso, attraverso un tipo particolare di silenzio: la sua morte, il silenzio definitivo, supremo.

Anch'io a quel punto sentivo ormai il bisogno di chiamarlo: Diego!

*

Il giorno dopo:

— Marco, prepara il caffè anche a me per favore!

— Cosa ti succede sorellina: non è a mezzogiorno che tu prendi il caffè?

— Voglio tornare all'università.

— Allora fai sul serio!

— Ho pensato che non riuscendo ad essere utile per me, forse è meglio che cerchi d'esserlo per gli altri, poi magari per merito mio ti prendi una promozione!

— Che pensiero nobile!

— Quando si è nobili d'animo... sai Marco, volevo però chiederti una cosa.

— Quale?

— In riguardo al metodo usato da Pallanzi, l'esegesi archeologica della filosofia, tu che idea ti sei fatto, cosa te ne pare?

— Ho l'impressione che questa cosa dovremmo cercare di capirla meglio; credo che il movente del delitto sia da scovare proprio nel suo ambito professionale: non aveva debiti, non aveva un'amante, nessun conflitto aperto che si sappia con chi si sappia...

— No Marco, non volevo dire quello, volevo sapere cosa ne pensi tu: credi che potesse avere un senso ciò che faceva? Insomma, andare a compiere degli scavi archeologici per mettere in luce delle verità filosofiche: non ti sembra un po' assurdo?

— Ma guarda che ti sbagli, lui non scavava nulla.

— Come no! Me l'ha detto Marta che chiedeva i soldi per fare gli scavi.

— Lo scavo era in senso metaforico, i soldi li chiedeva, quello sì, ma non scavava nulla.

— Beh, ciò che mi dici mi tranquillizza.

— Sì ma aspetta a tranquillizzarti del tutto! Lo scavo c'era, ma era una sorta di rituale mistico, meditativo, sciamanico... non saprei bene dirti cosa fosse. La descrizione che ci hanno dato i suoi collaboratori è piuttosto incongruente, credo che nemmeno loro avessero capito molto bene quale fosse il metodo di Pallanzi. Personalmente quando ne parlavano mi sono venute in mente le bizzarrie di Socrate. Sai quando nel *Simposio* è atteso al banchetto ma stenta ad arrivare perché strada facendo ha deciso di fermarsi nell'atrio di una casa a meditare? Ecco: qualcosa del genere! Pallanzi individuava dei luoghi particolari, tipo il tempio d'Artemide ad Efeso, dove sembra che Eraclito s'intrattenesse a giocare con i bimbi. Nei pressi delle rovine di quel tempio ci hanno raccontato che s'era seduto su una pietra e, cadendo come in *trance*, aveva ripetuto questa frase: "Il corso del tempo è il reame di un fanciullo che gioca ai dadi". In un altro caso invece, trovandosi nei pressi del letto di un fiume prosciugato, aveva ripetuto più volte quest'altra frase: "Negli stessi fiumi entriamo e non entriamo, siamo e non siamo". Cose di questo genere insomma. Per me si era un po' bevuto il cervello! Ah, un'altra cosa, sai come individuava i siti?

— Tramite dei documenti antichi, dei rilevamenti archeologici... no? Non era così?

— Sì usava anche quelli, ma poi cerca d'immaginare come avrebbe potuto risalire al luogo preciso? Difatti non sempre lo si poteva conoscere, anche perché lui non si accontentava di girare casualmente tra i resti di un'antica città. Sai per esempio come ha fatto ad individuare la cucina dove, sempre il nostro Eraclito, pare fosse stato interrogato sul perché ricevesse in un luogo così umile degli importanti stranieri venuti da lontano per interloquire con lui?

— Quella dove dice: "Anche vicino al focolare di una cucina stanno gli dei"?

— Sì, proprio quella.

— No, Marta non me l'ha detto, per lei erano veri scavi.

— Con le mani!

— Con le mani? Fammi capire!

— Usava le mani come fossero gli strumenti di un rabdomante. Il ricercatore che quella volta lo accompagnava ci ha raccontato che Pallanzi percepì d'essere in quella cucina quando entrato in una stanza, o meglio, quello che restava di una stanza, sentì sui palmi una sorta di "calore d'oro".

— Calore d'oro?

— Non chiedere a me cosa sia. Però la cosa interessante è che a volte gli andava anche bene; pensa che ad esempio in quel luogo qualche anno prima avevano rinvenuto proprio dei cocci di vasellame usato nelle cucine all'epoca d'Eraclito. E la cosa stupefacente è che lui prima di andarci sembra che non ne sapesse davvero nulla di quei ritrovamenti. In tutta questa storia c'è qualcosa di strano, non ti sembra?

— Tipo?

— Tipo non so, in tutti i casi qualcosa di strano c'è, no?

— Ma Pallanzi era strano!

— Sì, ma anche il suo omicidio.

— Io però quando Marta me ne ha parlato avevo pensato tutt'altro.

— Per esempio?

— Ti ricordi quell'estate in Toscana quando cercavamo nei luoghi più sperduti, e persino dove erano rimaste solo delle buche, o cose del genere, le tombe etrusche?

— Sì mi ricordo, non colgo il nesso però.

— Prova a pensarci Marco.

— Mi ricordo che andavamo in giro come due forsennati, quello sì me lo ricordo bene, non ne avevamo mai a sufficienza, e più tombe vedevamo, più ne volevamo vedere. Ogni volta che giungevamo su un sito avevamo sempre l'impressione che non era lì che dovevamo veramente essere, ma piuttosto che fosse solo quello che avremmo visto dopo a rivelarci chissà quale cosa!

— Sì, era proprio così, eppure non c'era niente di scientifico in quella nostra ricerca, sapevamo che tutto ciò che avremmo potuto vedere era certamente già stato visto da qualcun altro, il quale di sicuro aveva già misurato, classificato, codificato tutto secondo le più aggiornate teorie scientifiche. Non eravamo alla ricerca di una scoperta archeologica, ciononostante sentivamo qualcosa, e non era una semplice suggestione, sentivamo che quei luoghi avevano qualcosa da dirci, seppur non avrebbero mai potuto dirci più di quello che avevano già detto ad altri. Era questo, se ci pensi, ciò che ci faceva percorrere come degli impossessati quelle stradine polverose. Difatti ogni volta che arrivavamo su un sito ci attendevamo un segno, aspettavamo qualcosa che fosse lì solo per noi, che ci avesse atteso attraverso i secoli, che fosse, come dire, lì per permetterci un incontro con noi stessi, quello di un tempo che non potevamo ricordare, un noi stessi dei nostri avi, di chi in un certo senso continuava a vivere in noi. Ma quello che incontravamo era solo e sempre il silenzio, era quello che non ci permetteva di concludere la nostra ricerca e che ci faceva desiderare costantemente una nuova meta.

— Sì ok, ma tutto ciò cosa c'entra con Pallanzi?

— Credo Marco che anche lui stesse facendo qualcosa del genere, solo che lui lo faceva con più metodo, con più rigore scientifico, nonostante in ciò non potrà mai esserci, almeno a mio modo di vedere, qualche cosa di veramente scientifico, così almeno come consideriamo oggi la scienza.

*

Sono lì che attendo.

Marta mi ha detto che erano molto amici lui e Pallanzi. Si erano conosciuti a Friburgo; entrambi avevano avuto la fortuna d'assistere agli ultimi corsi di Heidegger, in particolare un seminario realizzato assieme a Fink su Eraclito. Sì, ancora lui, l'*Oscuro*, com'era già soprannominato dai suoi contemporanei Eraclito. Del resto fu a Friburgo che il professor Felix Gill e Pallanzi s'erano conosciuti. Come mi sarebbe piaciuto assistere anch'io a quei corsi. Io non l'ho mai visto il professor Gill; Marta però mi ha detto che è un bell'uomo, alto, snello, sui sessanta o più, porta sempre un cappello a tesa larga, sia d'estate che d'inverno. Non sono molti col cappello all'università. Lo attendo nel portico. Mi ha detto che viene sempre a piedi, dunque deve passare per forza di qua se vuol tornare a casa. Sedici e trenta, diciassette, ora dovrebbe passare. Ho saputo che finisce lezione alle quattro, solo che sono già le cinque e mezza... ma qui non è passato ancora nessuno! Aspetto ancora mezz'ora poi me ne vado.

M'era sempre piaciuto sedermi sul muretto di questo portico. D'inverno ti riparava dal freddo, l'estate dal caldo. Oggi nessun architetto penserebbe di costruire un portico, un chiostro ancor meno. Gli architetti d'oggi sono cresciuti tutti con la *Lego*. Fanno delle cose che a prima vista sembrano incredibili, ed è anche il motivo perché poi siano invivibili! Forme strane, allungate, frantumate, vertiginose, tutto quanto possa attirare l'attenzione, ma quanto per rendere la vita veramente migliore?

Sono stufa d'attendere, me ne vado. No, aspetta: forse è quello laggiù? Dove sono i miei occhiali? Non li ho presi, è vero, non li prendo quasi mai: non mi piaccio con gli occhiali.

No, non è lui. Me ne vado.

Marta mi ha riferito che i due dottorandi che "inseguivano" Pallanzi, se li è presi lui. Luisa e Carlo si chiamano, così mi ha detto. Che fortuna aver conosciuto Marta, persino il suo numero di telefono mi ha dato, che tesoro di donna. Magari questa sera provo a chiamarlo, mi faccio passare per una giornalista; sì, lo fanno anche alla televisione... perché non dovrei farlo anche io? E poi vediamo.

— Buonasera Professore.

Dall'altra parte:

— Guardi che il professor Gill non è in casa, io sono qui per le pulizie. Riprovi più tardi.

— D'accordo, richiamerò più tardi, grazie.

Un uomo che gli fa le pulizie, che strano, che sia il suo compagno? Mah, Marta mi ha detto che non è nemmeno sposato.

Più tardi:

— Pronto, sono ancora io, è arrivato il Professore?

— Sono io il Professore, in cosa posso esserle utile?

Non riesco a trattenermi:

— Che strano, ha proprio la stessa voce di quel signore di prima, quello che mi ha detto che si trovava da lei per le pulizie.

Dall'altra parte un misero:

— Dica.

— Sono una giornalista dell'Arena, volevo chiederle se mi poteva concedere un'intervista in riguardo alla morte del professor Diego Pallanzi.

— Vi ho già detto che su questa questione ne so quanto voi, quello che so lo so grazie ai giornali.

— Mi scusi Professore, ma io a dire il vero non sono una giornalista; mi perdoni, non sapevo proprio che scusa prendere per contattarla.

— Beh, ora l'ha fatto!

— No aspetti aspetti, non riattacchi, mi conceda appena qualche istante, avrei solo alcune brevi questioni da porle, non sia cattivo.

— Ma lei chi è scusi?

— Sono una ex studentessa, mi sono laureata prima che lei venisse ad insegnare a Verona. Avevo conosciuto il professor Pallanzi ed ero rimasta molto impressionata del suo... stile. La sua morte mi ha lasciato veramente incredula, e molto triste.

— Ma da me cosa vorrebbe?

— Di preciso non lo so, però ho saputo che vi eravate conosciuti a Friburgo, che avevate seguito lo stesso corso di Fink e Heidegger su Eraclito. Io stessa mi sono laureata con una tesi su Heidegger...

— Ho capito ho capito, guardi: io ricevo tutti i primi Venerdì del mese dalle 17.00 alle 18.00.

Ecco perché non è passato oggi: Marta mi ha dato l'orario sbagliato!

— La ringrazio per la sua disponibilità Professore, ma sarebbe troppo chiederle di potermi concedere qualche minuto al di fuori dei ricevimenti universitari, anche perché oggi, come sa, è proprio il primo Venerdì del mese.

— Difatti è proprio il primo Venerdì del mese, e per arrivare al prossimo di Venerdì, c'è giusto un mese, esatto?

— È proprio così Professore, ed un mese è un po' troppo, non le pare?

— In ogni caso non se lo meriterebbe, non è che abbia molta simpatia per gli impostori.

— In tutta sincerità nemmeno io.

— Cosa vorrebbe insinuare?

— Non so... ad esempio quel signore di prima, quello che era lì per le pulizie...

— Sì va bene, diciamo che abbiamo qualcosa in comune da farci perdonare. Venga domani verso le 20.00, sa dove abito?

— Zona Ponte Pietra se non sbaglio.

— No, non sbaglia.

L'indirizzo completo grazie a Marta l'avevo già, ma glielo richiesi per non destare sospetti.

La sera seguente Marco mi accompagnò. Gli chiesi d'aspettarmi fuori e chiamarmi dopo una mezz'oretta per controllare se c'erano problemi. Non si sa mai con questi profe. Salii, la casa era semplice, pochi arredi: l'indispensabile. L'unica cosa che abbondava erano i libri, sparsi un po' dappertutto. In alcuni casi svolgevano persino la funzione d'arredo, con un vaso sopra o impiegati persino per tenere aperte le porte. Mi accolse nel suo studio dove c'era una vecchia scrivania di legno ed alcuni scaffali variopinti. La casa era impregnata di un odore acre: vernice fresca. Da subito pensai che dipingesse, e difatti c'era ancora del colore sulle sue dita; anche su una manica del pullover notai delle tracce di rosso e di giallo. Non mi offrì nulla, inoltre faticavo a capire dove guardasse: la forte lampada sulla scrivania sfavillava in continuazione sulla montatura argentea e le spesse lenti che gli aderivano al viso. Al polso portava un orologio stile *design*, e infilata al dito, ciò che a noi donne attira sempre e istintivamente l'attenzione: una fede. Esordì dicendomi:

— È lei la finta giornalista?

Ma avevo la risposta pronta:

— È lei il finto signore delle pulizie?

— Bene, aggiunse, le presentazioni le abbiamo fatte, ora dimmi il tuo nome e tutto il resto.

42

Il mio nome non ebbi alcuna difficoltà a dirglielo, diversamente quel tutto il resto mi risultò molto più complicato, quindi esitai, non sapendo da che parte iniziare, e fu così che mi risolsi per l'improvvisazione:

— Eccomi qua.

Sorrise, la cosa mi rincuorò, aggiungendo che non aveva fretta: ciò che preferivo.

— Lei Professore è francese?

— Sì.

— Era amico di Pallanzi?

— Sì.

Tutti quei sì iniziavano ad innervosirmi, decisi quindi di provocarlo:

— Lei pensa che fosse diventato pazzo?

— La diplomazia, quella, non è proprio il tuo forte, replicò.

Credo di essere arrossita come un'adolescente, ma lo spirito combattivo mi fece riprendere in fretta:

— Era per entrare nel discorso senza farle perdere troppo tempo con i sì.

— Perché: qual è il problema se perdiamo tempo, o meglio, quando è che non lo perdiamo, il tempo?

— Era solo un modo di dire Professore.

— Certo, del resto parlare è sempre un dire, ed in ogni caso siamo anche obbligati, se vogliamo farci capire, ad usare sempre anche dei modi, di dire.

— Sì ha ragione, ma mi risponda per favore!

— Certo che era diventato pazzo!

Questa affermazione così netta non me l'aspettavo. Ero io che dovevo essere schietta nelle cose, non lui. Erano le mie domande che dovevano cogliere nel segno, le sue risposte dovevano solo portare qualcosa, dovevano dire, aprire, non concludere.

— In che modo era divenuto pazzo? Insistei.

— Secondo te la teoria della relatività è stata formulata da una mente normale?

— Ho capito, gli risposi, pensa che fosse un genio?

— Non lo so se fosse un genio, credo che fosse un uomo alla ricerca di nuovi mezzi per comprendere ciò che gli uomini sono, questo sì.

— E secondo lei c'è riuscito?

— Non sta a me dirlo.

— A chi allora?

— Alla storia forse... ma ti voglio raccontare una cosa: quando conobbi Diego a Friburgo non smetteva mai di citare una frase d'Italo Svevo: "La vita è una malattia mortale", hai presente?

— Sì certo, a dire il vero però era la prima volta che la sentivo.

— Eravamo in pieno periodo esistenzialista, noi in Francia avevamo Sartre, in Germania c'era Heidegger. I miei studi di filosofia li ho iniziati alla Sorbona, ma poi ho proseguito a Vincennes, un'università appena fuori Parigi. Questa era stata una concessione del governo alle nuove idee ed ideali del

Sessantotto: "La creatività al potere!" La filosofia francese, il meglio della filosofia francese del dopoguerra, è nata proprio sulla spinta culturale di quel periodo, pensa ad esempio a Foucault, Deleuze, Deridda, per farti solo alcuni dei nomi più conosciuti. Del resto nemmeno bisognava essere diplomati per iniziare gli studi a Vincennes, il sapere, anche ai più alti livelli, doveva essere accessibile a tutti coloro che semplicemente lo desiderassero. Solo lì in effetti si poteva accedere all'università senza un diploma superiore, ed è proprio anche per quello che il governo, poco dopo, cercò di screditare i titoli rilasciati da quell'università, sostenendo che non avessero lo stesso valore degli altri, e che perciò non avrebbero potuto permettere d'accedere ai concorsi pubblici.

— E come mai Professore poi è finito in Germania, se era in Francia che stava accadendo qualcosa d'importante?

— A dire il vero in Germania ci sono stato prima del Sessantotto, nel Sessantasei. In ogni caso avevo già l'impressione che tutto quel "caos creativo" che stava investendo in quegli anni Parigi, non affrontasse realmente i problemi che l'esistenzialismo aveva posto. Mi pareva che non si stesse cercando affatto di dare una risposta ai problemi del senso della vita, ma piuttosto a quelli riguardanti la convivenza sociale. Si cercava un nuovo modo di vivere assieme, ma tutta la tematica che l'esistenzialismo aveva cercato d'affrontare, era stata messa tra parentesi, messa à côté, come diciamo noi. Le domande principali sul senso della vita non erano state affrontate, erano state poste, questo sì, ma poi, costatando che a questo problema non poteva esserci un'unica risposta, si è cercato altrove. Si è cercato ad esempio in Hegel, in Marx, si è cercato nelle risposte ideologiche ed unilaterali offerte dalle esperienze sociali che stavano avendo corso in quegli anni: il comunismo sovietico, della Cina maoista, ecc. Ciò che condividevo con Diego era l'impressione che le ideologie totalitarie fossero un errore colossale, ed era per sottrarci a ciò che entrambi ci trovavamo a seguire i corsi dell'ultimo Heidegger a Friburgo; lui perché aveva bisogno di dare una risposta a quella frase d'Italo Svevo, io al sentimento che essa sottintendeva. Anche tu se non sbaglio hai fatto una tesi su Heidegger?

— Sì Professore, sulla verità, sull'*Aletheia*.

— Sullo svelare ciò che per sua natura rimane nascosto?

— Proprio così.

In quel momento mi chiamò Marco, ed io risposi in codice come avevamo stabilito: se tutto andava bene dovevo solo dirgli: "D'accordo, ci vediamo alle nove", e fu quello che dissi.

— Con ciò vuol dire che anche lei credeva che la vita fosse una malattia mortale?

— Sì, anch'io avevo quel sentimento.

— E lo crede tutt'ora?

— No, ora non più.

— E cos'è cambiato?

— Molte cose sono cambiate.

— Me ne dica almeno una.

— È cambiato il fatto che ora penso che dalla vita si possa guarire.

— Mi faccia capire.

— Cercherò di spiegarmi meglio. La prima cosa da considerare è che quando parliamo di vita, non parliamo solo della nostra e singola vita. Anche Gilles Deleuze del resto l'aveva capito prima di defenestrarsi il 4 Novembre del 1995, altrimenti non avrebbe potuto lasciare scritta questa frase: "Sono gli organismi viventi che muoiono, non la vita".

La vita dunque non è una malattia mortale, perché essa continua, è costante, c'è in essa qualche cosa che va oltre se stessa, c'è dell'eternità, nella vita. Rimane una malattia, questo è certo, una malattia perché in fondo uccide, ma una malattia che però non è in grado di far morire la vita stessa. Nella vita vi è la minaccia costante della morte, ed è mortale realmente nei suoi esiti, ma non nella sua essenza. Ed è a ciò che Diego lavorava. Diego cercava un punto privilegiato dove poter scrutare l'essenza delle cose nella loro eternità. La sua esegesi archeologica era appunto questo tentativo di travalicare il tempo, di far svanire il prima ed il dopo scrutando le cose, non in modo oggettivo e nel loro ordinamento cronologico, ma piuttosto tramite la prospettiva esclusiva dell'esistere, del proprio percepirsi, del proprio modo d'essere nell'esistenza del tempo, in definitiva del proprio sentirsi esistenti. Lui ricercava l'angolazione corretta per osservare l'essenza delle cose. Diego cercava quella che lui chiamava: "L'inclinazione perfetta", ossia quella via di fuga che avrebbe potuto mostrare, attraverso l'esclusività del proprio essere viventi, il senso dell'esistente.

— D'accordo, ma tutto ciò non le sembra immane?

— Sì, probabilmente lo è stato.

— Crede che sia stato questo ad ucciderlo Professore? Ha un'idea di chi o cosa potrebbe aver causato la sua morte?

— Credo di saperlo.

— Cosa?

— La sua sete inesauribile di conoscenza, la sua volontà accecante di verità. Forse aveva un po' dimenticato che la verità ama celarsi, e che è solo nel suo nascondersi che essa mostra qualcosa di vero. Questa frase non è mia, è di Heidegger, e tu sai come iniziò il seminario su Eraclito a Friburgo?

— No, non lo so.

— Con il frammento 64, ed è stato quello il primo frammento che si è tentato d'interpretare, ti ripeto, il primo, e tu che hai studiato Heidegger saprai bene quale sia il valore che egli dà a ciò che sta prima di tutte le altre cose.

— Sì, credo di saperlo: ordinarle.

— Esatto! Il frammento in questione non afferma solo che "tutte le cose le pilota il fulmine", ma ordina anche le altre, gli impone un modo di divenire, e sai qual è?

— Quello della casualità?

— Non proprio, o meglio, in quel seminario non era la casualità la cosa che più gli stava a cuore, non gli interessava dire che tutto succede per caso, ma piuttosto che in quel brevissimo lasso di tempo in cui il fulmine avviene, quello appunto del suo saettare, esso diviene in grado di mostrare qualcosa che non appartiene solo a se stesso. Quello che il fulmine sa mostrare è ciò che senza la sua presenza non si potrebbe vedere. Il fulmine squarcia le tenebre, ma per farlo, esso deve vivere nelle tenebre. Difatti un fulmine in pieno giorno, non è che possa interessarci molto, dal punto di vista della verità che è in grado di mostrarci, proprio perché a volte con la luce del sole quasi nemmeno lo scorgiamo; mentre al contrario, di notte, o nel buio di un temporale, allora sì che il fulmine è in grado di mostrarci qualcosa. In definitiva è nella natura del celato che esso porta luce. La verità dunque non coincide mai semplicemente con l'apparenza, questo anche Platone a suo tempo l'aveva detto, ma a diversità delle sue ombre proiettate nella famosa caverna, quelle descritte nella *Repubblica*, il fulmine è completamente naturale. Non c'è alcun inganno in esso: il fulmine non inganna! Non c'è nel saettare del fulmine nessun manipolatore che ci vuol ingannare con qualcosa di fittizio. Il fulmine è completamente naturale, non è un Demiurgo dissimulatore, ed è proprio per questo motivo che come l'essenza propria di tutte le cose, esso può essere solo atteso; e questa, per Heidegger, è anche l'essenza della verità, ossia l'attesa di quell'istante in cui qualche cosa si mostra attraverso la propria oscurità.

— Sì capisco, però da quanto mi ha detto la mia amica...

— Quale amica?

— Marta, la bibliotecaria.

— Ah sì certo, e cosa ti ha detto la tua amica?

— Mi ha detto che ciò che Diego voleva era far sì che la filosofia potesse divenire una sorta di scienza esatta, insomma...

— Ti fermo: era solo una provocazione!

— Come una provocazione?

— Era un modo per prendere in giro i suoi colleghi, ossia coloro i quali credono che le loro idee siano anche le verità ultime delle cose. Diego in fondo era un gran burlone, ma bisognava conoscerlo per saperlo.

— Sì, senza dubbio, lei poi Professore probabilmente lo conosceva meglio di altri, però bisogna anche dire che nell'affermare l'esistenza di una sorta di rapporto equazionale tra il tempo trascorso e la precisione del luogo dove un filosofo avesse vissuto, pensato, scritto, vi è tutta l'ambizione di fare una scienza esatta. Non è matematica questa?

— No, non è matematica.

— Sì d'accordo, non nel senso stretto, ma comunque qualcosa che vuole esprimersi in questi termini.

— Questo posso accordartelo, e credo che fosse anche un suo errore. Comunque il problema è un po' più complesso.

— Mi pare che fino ad ora i problemi complessi non li abbiamo lesinati, non le sembra?

— Del resto è la filosofia stessa che impone di non fermarsi alla semplice evidenza delle cose. In ogni caso la complessità che ti accennavo riguarda il senso della storia, e in particolare quello offerto da una tradizione specificatamente italiana.

— Mi aiuti Professore!

— Per noi francesi la storia è un susseguirsi di rotture; i momenti salienti della nostra storia sono le rivoluzioni, quando avviene un cambiamento radicale tra il prima ed il dopo. Per noi la storia è quasi sempre un susseguirsi d'atti dove il *continum* del tempo s'interrompe, disfa i suoi legami con il passato e si afferma come un nuovo inizio. Non è il caso invece degli italiani, pensa ad esempio al Futurismo, il primo vero movimento artistico d'avanguardia: tu credi che se Marinetti non fosse andato a Parigi a pubblicare il suo Manifesto su *Le Figaro*, avrebbe avuto quell'attenzione che poi ha avuto nei confronti degli ambienti culturali e politici del suo tempo? Io credo proprio di no! Il Futurismo era un movimento che poteva essere compreso più dal DNA di un francese che non da quello di un italiano. La nostra, da Voltaire in poi, ma forse già da Pascal e Cartesio, è una cultura che accredita più importanza allo spirito irriverente dell'adolescente, che non a quello pacato dell'anziano. Invece in Italia è piuttosto l'opposto. Uno dei culti principali degli antichi Romani prima dell'avvento del

Cristianesimo è proprio quello degli Avi. Per gli italiani c'è e ci deve sempre essere una continuità tra il prima e il dopo; e questo è un concetto importante per comprendere quello che Diego stava facendo.

— Mi scusi Professore, ma io non ho capito nulla!

— Mi sorprende.

— Vuol dire che un francese non avrebbe mai pensato d'inventare un metodo che mette in relazione chi è vissuto prima con chi vive o vivrà dopo?

— Vede che qualcosa l'ha capito, mi rispose il profe, dandomi del lei.

— Qualcosa può darsi che l'abbia capito, ma il resto?

— Il resto il resto... il resto mancia! non si dice così?

— Al ristorante forse, una volta magari, quando esistevano ancora i signori, quando esistevano ancora i ricchi e i poveri, e soprattutto le mance.

— Perché vuoi dire che quelli non esistono più?

— Diciamo che oggi nessuno si sente più né ricco né povero.

— Diciamo che oggi si fa fatica a sentire tutto.

— Sì, diciamolo, diciamo che si fa fatica a sentire, oppure che si preferisce non sentire, si preferisce non porsi troppe domande, si preferisce vivere la vita come viene, anche perché poi le risposte non le ha nessuno, gli dico con delle lunghe pause e quasi senza riprendere fiato.

— È vero, nessuno ha le risposte, nessuno ha una risposta adeguata per tutto, ma in ogni caso quello che si può fare, quello che a mio avviso si dovrebbe fare, è possedere una buona domanda per tutto, questo sarebbe già molto, non ti pare?

— A dirle la verità Professore mi sembrerebbe già un bel risultato avere anche solo la voglia di porsela una buona domanda, ogni tanto.

— In ogni caso quello che sostengo mi sembra umano!

— Intende umano come il compito che si era dato Pallanzi?

— Sì.

— Ma lei Professore...

— E smettila con questo Professore!

— Ma lei è, professore.

— Ma io non ti ho, ricevuto all'università.

— Solo che faccio fatica a chiamarla per nome.

— Allora non chiamarmi per nulla che va bene ugualmente.

— Ascolta Felix, posso chiederti un'ultima cosa?

— Hai visto che ci sei riuscita.

— Volevo chiederti, per te, la vita, ha un senso?

— Di certo lo ha, dal momento che tutto ciò che vive è in movimento, per forza ha un senso.

— No, non intendevo che possegga un senso di marcia.

— E allora quale: che abbia un significato: questo?

— Sì questo.

— Io lo credo, solo che bisogna fare attenzione, bisogna non smarrire la voglia di continuare ad offrire significato alle cose, ossia ciò che solo l'uomo è in grado d'offrire. Un significato, per intenderci, non è qualcosa d'oggettivo che vive per conto suo: la vita del resto non ha alcun senso se viene isolata dal movimento che la rende possibile. In altre parole il senso della vita non è qualcosa di semplicemente fisico. La critica di Heidegger alla scienza era motivata proprio dal fatto che essa considera l'uomo come un ente il cui senso è dato solo dalla sua funzionalità, piuttosto che dall'essere per se stesso egli, l'uomo, o meglio, il suo essere uomo, l'origine del suo senso. "Poeticamente vive l'uomo" diceva Heidegger, non scientificamente, in quest'ultimo modo l'uomo comprende solo come agire utilmente nel mondo, ma non comprende nulla in riguardo al significato del suo vivere.

La mia generazione cresciuta nel dopoguerra ha dimenticato di ricercare il senso della vita, ed oggi di questa dimenticanza tutti ne stiamo pagando le conseguenze. Viviamo un momento culturale di chiusura in cui sono molto presenti tutti quei tentativi di restaurare i modi di vita del passato, censiti d'essere gli unici che potranno offrire al disorientamento della nostra epoca il senso originario dell'uomo. Ciononostante, questo senso originario, che fondamentalmente non è altro che l'ideale della tradizione, non è però più in grado d'offrirci le risposte che ci servono per il mondo in cui viviamo, per le nuove esigenze che abbiamo. Difatti, nonostante questo tentativo di ritorno alla tradizione e al passato, continuiamo a rimanere bisognosi d'altro, ossia non riusciamo a smettere d'essere sostanzialmente scientifici, non riusciamo a smettere d'affidarci solo a ciò che vediamo, non riusciamo a smettere di vivere nel nostro tempo, nella nostra modernità. Di conseguenza le religioni, con la loro irrazionalità, tornano in voga solo superficialmente, senza che vi sia un'adesione reale al loro messaggio, senza essere sostanzialmente credute. Gli atteggiamenti sociali più liberali convivono perciò con quelli più reattivi, ma in definitiva tutto è assorbito da un unico credo collettivo, l'unico veramente globale: il denaro; questo perché crediamo che sia solo attraverso i soldi che possiamo avere delle garanzie effettive per ciò che concerne la qualità e la quantità della nostra vita. Ciononostante anche attraverso il denaro la situazione appare non modificarsi come a prima vista sembrerebbe, proprio perché continuiamo ad aver bisogno di relazionarci ed essere compresi dagli altri, continuiamo ad aver bisogno di quell'amore che il denaro non compra. Vedi che c'è qualcosa che non funziona in tutto ciò! Siamo convinti che una volta morti non saremo più nulla, ne siamo intimamente convinti, però ci sforziamo ugualmente a credere a delle favole tipo la vita oltre la vita o cose del genere. Io dico invece: mettiamo in relazione le cose, mettiamo in relazione il nostro vivere con il suo significato: è questa la verità degli uomini, non una verità astratta ed assoluta, non è una verità senza uomini, la verità degli uomini.

Era questo che c'insegnava Heidegger, era questo quello che Diego cercava. Pensa ad esempio alle dottrine degli antichi sulla trasmigrazione dell'anima e che Platone riformula nei suoi scritti: chi oggi potrebbe dire, credendoci, che l'anima esiste? Sì, perché se deve trasmigrare, dovrebbe per forza anche esistere da qualche parte. Non ti pare?

— Non ci sono dubbi.

— Ora: chi l'ha mai vista l'anima?

— Nessuno, gli dico.

— Dunque...

— Dunque non esiste.

— Ecco, la scienza ci dice che l'anima non esiste, allora spiegami come può esserci una continuazione tra chi ha vissuto prima e noi.

Interessante.

— Di fatto non c'è, continuo io, come per cercare di proseguire il suo pensiero: possediamo cose simili, come il DNA, i tratti somatici, però nulla d'uguale, nulla che era anche prima.

— Di conseguenza? Mi chiede lui.

— Di conseguenza quando moriamo tutto è finito, gli rispondo.

— Ecco, l'hai detto!

Bella consolazione però! Lo penso ma non glielo dico, cosicché lui insiste:

— Però continuiamo ad andare in chiesa affinché l'anima possa esserci salvata, anzi, cosa dico, tutto il corpo possa alla fine dei tempi resuscitare dai morti. Da una parte abbiamo il mondo del puro vedere, e dall'altro quello della pura oscurità, senza alcun rapporto tra le due cose, senza una parvenza d'unione, senza alcuna speranza di vera salvezza, senza un fulmine che sappia operare realmente tra le due cose: illuminandocele.

A questo punto ci guardammo negli occhi, la sua lampada sembrava avesse voluto smettere di mascherarmeli attraverso il riflesso degli occhiali. E adesso? Mi chiesi. Ero talmente presa dall'entusiasmo delle sue parole che avevo perso le mie. Fu lui allora che mi trasse in salvo:

— Ma tu, cambiando discorso, cosa fai nella vita?

— Io... io, di preciso ancora nulla.

— Ah! Ho sentito che tra non molto dovrebbero indire un concorso di dottorato all'università, perché non lo provi che magari... sai come vanno quelle cose lì, per fortuna o per altro...

— E lo passo?

— Io non ho detto questo, ma non si sa mai, se non si prova.

— Ha ragione Professore. Ops, pardon: hai ragione Felix.

— Così va meglio.

Incredibile, incredibile quell'uomo. Mi aveva messo addosso una carica... incredibile! Marco se n'era andato: stronzo! Però erano già anche le dieci e trenta; e se mi fosse successo qualcosa?

Sì, in fondo qualche cosa m'era successo!

*

Al funerale del professor Pallanzi c'era molta gente. Io non ci andai, seppur l'avessi voluto, Marco sì. Erano lui e un suo collega che avevano l'incarico del caso. Tra quella moltitudine vi erano la moglie, i due figli, alcuni amministratori locali, molti docenti, molti, moltissimi studenti. Era un ultimo omaggio all'uomo, all'insegnante, al personaggio pubblico, proprio perché un profe d'università nel bene o nel male è sempre obbligato anche ad esserlo, un personaggio pubblico.

Io mi sono sempre sentita piuttosto a disagio ai funerali; ho l'impressione che seppur con la massima cautela, qualsiasi cosa si faccia, si dica, sia sempre inappropriata in quel momento. Magari gli porterò dei fiori al cimitero, quando tutti gli altri saranno ormai appassiti, ma è più facile che cercherò di dimenticarmi che è morto, di dimenticarmi che si muore, altrimenti la vita mi diviene insopportabile. So che non dovrei pensare certe cose, che non è molto rispettoso per chi è morto, ma è così che sento, che sono.

Funerale a parte l'indagine non stava portando a molto. Gli interrogatori di prassi non avevano evidenziato granché, m'aveva riferito Marco. Due cose erano però degne di nota, la prima che Pallanzi negli ultimi tempi aveva preso contatti con una comunità mussulmana di Reggio Calabria, la quale oltre ai testi classici della religione aveva come finalità anche lo studio d'autori legati alla cultura islamica, e in particolare Averroè. La seconda è che il Professore invece, prima del ritrovamento del suo corpo, mancava da casa da diversi giorni, sei per la precisione; aveva detto ai suoi familiari che doveva recarsi alla Biblioteca Nazionale di Firenze, ma là pare non sia mai arrivato. Difatti là nessun libro era stato preso a suo nome. La moglie d'altra parte era abituata alle sue assenze, come anche ai suoi silenzi, pertanto non si era molto preoccupata. L'ultimo, o meglio, gli ultimi ad averlo visto vivente, erano i due dottorandi. Con loro il Professore stava organizzando un viaggio sulle tracce dei luoghi dove aveva vissuto San Tommaso d'Aquino. Il "bue muto", così l'avevano soprannominato già i suoi compagni. Quel bue, quel Tommaso d'Aquino che "quando muggirà si udirà fino all'altra estremità della terra", aveva pronosticato in sua difesa Sant'Alberto Magno. Una giusta profezia, degna di un santo.

*

— Ah, mi ero dimenticata, grazie Marco per avermi aspettata l'altra sera; t'era proprio impossibile attendermi ancora qualche minuto: e se mi fosse successo qualcosa? Ma cosa ti fa quella là, anzi, immagino molto bene cosa ti possa fare, ti ha proprio stregato: rimbambito!

— Smettila per favore!

Sì, devo proprio smetterla di fargli queste scenate di gelosia. Che diritto ho di fargliele? Solo perché giocavamo assieme da piccoli, solo perché facevamo merenda con lo stesso pane e cioccolata, solo perché dormivamo assieme nella medesima camera, solo perché ora abitiamo sotto lo stesso tetto, senza nemmeno essere marito e moglie? Devo smetterla! Ha ragione lui, ma è più forte di me.

— Marco, cos'è che ha lei che non ho io? Scusa, è una domanda idiota.

— Ti rispondo ugualmente se credi.

— E allora dimmelo!

— Per prima cosa lei non è mia sorella.

— E poi?

— E poi è bellissima.

— Allora vuol dire che io non sono bella?

— Non ho detto questo, ho solo detto che lei ai miei occhi è bellissima. La tua bellezza è troppo simile alla mia, mentre la sua... è totalmente diversa! Lei è per me un mondo diverso, sconosciuto, un mondo tutto da scoprire: lei è tutto nuovo per me.

— Ma ha studiato, è una ragazza che possiede una cultura?

— Non lo so, non gliel'ho mai chiesto, a dire il vero non è che m'interessi molto. La sua intelligenza non è nel suo cervello, non finisce dove termina la sua testa; la sua intelligenza è diffusa: c'è intelligenza in tutto il suo corpo.

— Eh sì, la conosco bene io quel genere d'intelligenza... anzi, non la conosco per nulla!

— Vedi che con le tue allusioni ti metti sempre in trappola per conto tuo; tu sei troppo testa e poco piedi sorellina.

Mi mordo la lingua così sto zitta una buona volta, ma poi non riesco:

— E non ti dà fastidio che vada con altri uomini?

— Per quello che so sembra che non vada solo con altri uomini.

— Ah, cosa vuoi dire: donne?

— Sì.

— Allora riformulo la domanda: ti dà fastidio che vada con altri uomini e donne?

— All'inizio per me era solo un gioco, un modo per esprimere i miei sentimenti a poco prezzo, ma poi più l'incontravo e più mi coinvolgevo.

— E lei cosa dice?

— Che sarebbe meglio se trovassi un'altra donna. Ma non lo dice convinta, anzi, so che non è convinta!

— Ma la paghi?

— A volte sì, ma lei non mi chiede nulla. Quando le lascio dei soldi non me li rende, ed è così che andiamo avanti.

— La sposeresti?

— E come faccio a dirti una cosa del genere, è tutto così strano.

*

— Pronto.

— Pronto: sei Gesy?

— Sì sono io.

— Ho trovato il tuo annuncio sul sito.

— Dimmi: vuoi incontrarmi?

— Sì.

— Sono 200.

— Io sono una donna.

— Ma certo cara, anch'io sono una donna, però sono sempre 200.

— No, non era per quello...

— Non ti preoccupare tesoro, oggi però non posso, se vuoi puoi venire domani sera.

— Benissimo.

— Alle otto.

— Perfetto.

— Ciao allora, a domani.

— A domani.

Ma cosa ho fatto: sono impazzita? Solo che era l'unico modo per incontrarla quella lì. Solo che se Marco viene a saperlo, mi ammazza. Ma io lo faccio per lui: ma faccio cosa?

Il giorno dopo suono il campanello.

— Sali cara, ti stavo aspettando, sono al terzo piano, scala B, prima porta a sinistra.

Ho il cuore in gola: tum tum tum: cosa faccio? Cosa dico? Torno indietro, posso ancora farlo! Me ne vado: no! Sono troppo curiosa, no, voglio vedere, voglio provare, voglio, voglio... È un automatismo quello che mi fa muovere le gambe assieme ai piedi. Sembro un robot che si è avviato in una direzione e non riesce più ad arrestarsi. Ci vorrebbe qualcuno che afferrandomi alle spalle mi potesse far roteare in modo tale che al posto di salire potessi scendere. Ma non c'è nessuno che lo farà. La porta è semiaperta, la spingo appena, ci ficco pudicamente la mia testolina, piena di ronzii, lei è lì, mi fa:

— Entra cara.

Tra telefonata citofono e porta, di cara e tesoro me ne sono già beccata una mezza dozzina, ma mi fanno più che bene.

— Ciao, le sussurro.

Mi chiede se voglio bere qualcosa. Nemmeno il professor Gill m'aveva offerto nulla: che cara.

— No grazie, ma poi ci ripenso perché m'accorgo d'aver la bocca asciutta dall'emozione, le chiedo dell'acqua.

— Certo tesoro, tutto quello che vuoi.

Tutto quello che vuoi? Come se fosse facile saperlo! Mi chiede:

— Come ti chiami?

Invento un nome di fantasia, tanto anche il suo lo è:

— Lea.

— Che bel nome che hai tesoro, mi piace, è bello, è facile anche da pronunciare.

Non è che adesso le venga in mente di cambiare nome? Pace, non sarebbe così grave, non sarebbe la prima volta che mi rubano qualcosa. Tutto ad un tratto il terrore mi assale: mi accorgo che sto aspettando troppo a dirle che sono la sorella di Marco. Avrei già dovuto farlo, ma perché non l'ho ancora fatto!?

Gesy sparisce, poi trascorso un istante interminabile nel quale mi ritrovo imbarazzata come un'adolescente, riappare, e con estrema dolcezza mi chiede se voglio andare a lavarmi anch'io. Ecco dov'era andata; mi pare giusto, mi pare doveroso, anche lei l'ha fatto, perché non dovrei ricambiarle quest'accortezza? Non dovrei, solo perché avrei già dovuto dirle che sono la sorella di Marco, e che sono venuta per conoscerla, e per poterle parlare di mio fratello e del sentimento che prova nei suoi confronti. Solo per quello non dovrei andare in bagno anch'io a lavarmi, perché a me non dovrebbe servire a nulla! Solo, solo, solo che non lo faccio, e vado anch'io a lavarmi, e quello che mi lavo di più, non sono le mani.

— I soldi li puoi appoggiare lì, mi fa.

Certo i soldi.

— Duecento?

— Duecento tesoro, come ti avevo detto.

Beh, questo l'avevo previsto, sapevo che in ogni caso avrei dovuto pagarla; in tutti i film è sempre accaduto che i soldi li vogliono sempre, anche se non si "consuma", per così dire.

— Vieni cara: preferisci che ti spogli io o fai tu?

Lei è già svestita: è proprio bella Gesy, è proprio molto meglio dal vivo che nelle foto, Marco aveva ragione. Nemmeno un segnetto di cellulite, due occhi che sono perle di vetro, profuma d'acqua e sapone, ma sono pronta a giurare che non è né acqua né sapone; lo sento, la sua pelle è fresca, anche se non l'ho ancora sfiorata.

È lei che a questo punto mi spoglia senza chiedermi nulla.

È inutile; ora non è più possibile, ora come potrei dirle che sono la sorella di Marco e che le mie intenzioni erano tutt'altro. No, ora non è più possibile! Ora non è più nemmeno ciò che voglio!

Ed è così che ho fatto l'amore per la prima volta con una donna. Ma chissà, forse era quello che avevo sempre desiderato, altrimenti... altrimenti quelle due stupide parole: "Sono la sorella di Marco" avrebbero dovuto uscirmi da quella mia stramaledetta bocca, la quale a volte dice anche ciò che non voglio, così come anche molto spesso quello che non dovrei dire!

— Torna quando vuoi mi fa prima che imbocchi la porta.

Ah, quando voglio, penso tra me e me: allora è piaciuto anche a lei.

— Certo, quando voglio, in ogni caso ti ringrazio veramente di cuore Gesy.

— Ma di cosa tesoro? Grazie a te.

Ed ora cosa dico a Marco?

Niente! E cosa dovrei dirgli?

Sono stata solo una sua cliente, come lui in fondo, come ne ha tanti di clienti.

Il giorno dopo clicco sul suo sito. Il giorno dopo ancora. No, non ha cambiato nome, continua a chiamarsi Gesy, mi rassicura: allora vuol dire che io posso continuare a chiamarmi Lea?

Vedremo.

*

Quando rivedo Marco faccio fatica a guardarlo in faccia, ma lui si avvicina, mi tocca sotto il mento, mi solleva con una lieve pressione il viso, mi scocca un bacetto sul naso, che tenero.

Allora sorrido, ma ho anche un dubbio: come mai tutte queste attenzione nei miei confronti? Spero che non creda proprio ora che sono l'unica persona di cui si può fidare. Se solo immaginasse: non farmici pensare!

— Tutto bene? Come mai tutte queste attenzioni?

— Niente, perché? Non posso dimostrarti che... che ti voglio bene?

— Sì, certo che puoi, ci vuol proprio poco a essere felici: lo penso ma non glielo dico, e il tuo lavoro come va? Pallanzi?

— È proprio di lui che volevo parlarti. Domani interroghiamo un'altra volta il ricercatore, quello che era con lui. Ho l'impressione che non ci dica tutto, che nasconda qualcosa.

— Ed io cosa c'entro?

— Siccome il mio collega non può esserci e dovrò condurre da solo l'interrogatorio, volevo chiederti se puoi venire tu a farmi d'osservatrice.

— Osservare cosa: vuoi dire intanto che lo interroghi?

— Sì, ma non nella stessa stanza, tu saresti in un'altra con un vetro unidirezionale.

— Proprio come nei film?

— Perché pensi che i film s'ispirino a cosa: alla realtà, ed a cosa potrebbero ispirarsi d'altro?

— Ad altri film!

— Certo, ma non sarà questo il caso, perché qui potrai davvero dirmi se c'è qualcosa che t'insospettisce, dei particolari... qui in gioco c'è la verità vera, non quella dei film!

— D'accordo, sarà tutto vero, proprio come nei film, ci sto.

Sono emozionatissima, come fosse la mia Prima.

L'indomani in questura, quella vera, Marco è in portineria che m'aspetta. Non mi presenta a nessuno, tutti lo salutano, ho l'impressione che si sia ritagliato un certo prestigio. Poi mi fa passare in un corridoio, in una stanza, e poi ancora in un piccolo corridoio, finalmente arriviamo nella famosa stanzetta dello specchio unidirezionale. Il dottorando è già lì, Carlo, è così che si chiama, me lo ricordavo.

— Carlo cosa? Chiedo a Marco sottovoce.

— Guarda che non c'è bisogno di bisbigliare, la stanza è perfettamente insonorizzata. Ma poi a cosa ti serve conoscere il cognome?

— Così, per sapere.

— Ghirardi, Carlo Ghirardi: va meglio ora?

— Sì grazie.

— Io vado di là allora.

— Ok, però dopo vieni a prendermi, altrimenti con tutti questi corridoi sono sicura che mi perdo.

— Sì sì, non ti preoccupare, vengo a prenderti.

Carlo Ghirardi... non appariva che Marco avesse poi tutti i torti: a cosa mi poteva servire conoscere il suo cognome? Carlo in fondo mi era bastato quando me ne aveva parlato Marta. Difatti non avevo sentito il bisogno di conoscere anche il suo cognome allora. Però là eravamo all'università, qui invece la cosa era più seria, qui eravamo in questura. Carlo qui ora era un sospetto, ed era importante sapere il più possibile. Doveva per forza essere così. Mi sembrava proprio di vivere come in un vero film, ma poi cosa avrei dovuto osservare?

Carlo Ghirardi non sembrava preoccupato, composto sulla sua sedia sembrava uno scolaretto che attende il voto dal maestro. Non si tradiva in nulla, non sbirciava sulla scrivania, non si puliva il naso con le dita, non si asciugava le mani, no, non faceva proprio nulla. Sembrava persino che sapesse che qualcuno lo stava osservando. Quando Marco entrò si alzò persino in piedi, come quando la corte entra in tribunale.

— Allora l'ispettore esordì senza esitare: cosa ci nasconde Ghirardi?

Il poveruomo sbiancò improvvisamente, poi con una vocina tenue rispose:

— Io niente, io non ho nulla da nascondere ispettore.

— Allora mettiamola in un altro modo: come potrebbe lei aiutarci a trovare l'assassino di Diego Pallanzi?

Ghirardi riprese colore (così va meglio fratellino).

— Guardi, e poi ammutolì. Allora Marco come fosse una madre comprensiva lo tranquillizzò:

— Prenda il tempo che le serve, tutto sommato Pallanzi è già morto, non dobbiamo più salvarlo (perfetto, è così che devi fare, non forzarlo, altrimenti non ci cavi nulla).

— Guardi, non so come dirglielo ispettore.

— Non si preoccupi di trovare il modo, mi dica solamente.

— Va bene, vedrò di seguire il suo consiglio. Il professor Pallanzi mi aveva detto... e poi si blocco di nuovo.

— Le aveva detto cosa?

— Sì, mi aveva detto: no, anzi, mi aveva chiesto... mi aveva chiesto di uccidere una donna.

Questa volta fu Marco a rimanere attonito.

— Come? Ho capito bene? Una donna, uccidere una donna!

— Le spiego: il Professore un giorno mi aveva convocato nel suo ufficio e mi aveva detto che quello era l'unico modo per...

— Per cosa?

— No, le devo spiegare meglio, altrimenti...

— Ok ok, mi spieghi meglio, sono tutt'orecchie.

— Dunque, tutto era iniziato in Engadina nei pressi del lago di Silvaplana, uno strano pomeriggio di circa sei mesi fa. Io e il Professore c'eravamo andati per compiere una delle sue famose "esegesi archeologiche della filosofia". Pallanzi sosteneva che quel luogo, dove Friedrich Nietzsche aveva soggiornato più volte, era anche un posto chiave per poter verificare il suo metodo, quello di Pallanzi intendo.

— Sì certo, Nietzsche aveva solo l'ambizione d'avere una filosofia, non un metodo.

— Esatto ispettore, ma lei allora ha una certa affinità con la materia?

— Un pochino, continui Ghirardi.

— Sì certo, insomma: Pallanzi era convinto che lì avrebbe trovato una prova tangibile del suo metodo.

— E in che modo?

— Nietzsche in *Ecce Homo* fa un po' la biografia di se stesso, e in particolare racconta di come gli nacquero alcune delle idee presenti nei suoi libri. Raccontando del personaggio principale del *Così parlò Zarathustra*, Nietzsche offre una descrizione molto precisa del luogo dove l'idea fondamentale di quel libro, l'idea dell'eterno ritorno, fosse nata. Difatti questo passaggio del testo glielo posso citare persino a memoria, in quanto su questo tema il Professore m'aveva incaricato di tenere alcuni seminari all'università. Nietzsche dice testualmente: "La concezione fondamentale di Zarathustra, il pensiero dell'eterno ritorno, la più sublime formula d'affermazione che in generale possa essere raggiunta, risale all'Agosto dell'anno 1881: è stata abbozzata su un foglio che porta la scritta: 6.000 piedi al di là dell'uomo e del tempo"; e poi ne dà una descrizione dettagliata: "Quel giorno, andando attraverso i boschi costeggiando il lago di Silvaplana, mi fermai presso un poderoso e torreggiante blocco piramidale non lontano da Sulei. Quel pensiero mi venne allora" (oddio gli sta facendo una lezione).

Ora, quel famoso blocco piramidale, tutti sanno dove si trova (si è vero anch'io lo so). Se ad esempio si va nel piccolo alberghetto dove a più riprese Nietzsche soggiornò, e dove ora c'è un piccolo museo dedicato al filosofo, i guardiani sanno benissimo indicare a tutti coloro che glielo chiedono, dove si trovi (è proprio così, c'è anche una fotografia). Il problema però è che quando si è là, ossia si è nel punto indicato da Nietzsche, come se proprio lì, o meglio, se solo lì si potesse scorgere la verità di quell'idea, il problema è che lì non si vede nulla (anche questo è vero). Mi spiego, si è lì, proprio nel posto dove è nata una delle idee più importanti della filosofia dell'Ottocento, Nietzsche dice che è lì, che è nata, non ci sono dubbi, vicino a quel blocco piramidale, è lì, solo lì che è nata, e tuttavia lì non si vede nulla. Lì non succede proprio nulla: una vera delusione! Uno si aspetterebbe una vista incomparabile, qualcosa di sublime, una natura possente, insomma un luogo senza uguali, perché è proprio lì, quasi fosse il centro dell'universo, che è nata l'idea dell'eterno ritorno, invece niente, niente di tutto ciò (a me però quel posto aveva ispirato). Anzi, se poi si fa una passeggiata attorno al lago di Silvaplana, si possono trovare moltissimi luoghi più meritevoli di quello (su questo devo dargli ragione). Quello che voglio farle capire ispettore, è che giungendo in quel luogo si va per forza incontro ad una delusione. Nietzsche ha dato le coordinate esatte di un luogo che effettivamente non ha nulla da dire. E questo passi per una persona qualunque come siamo io e lei (anch'io ci sono), ma per un sensitivo come Pallanzi, tutto ciò era incomprensibile. Eppure era così, nemmeno lui vedeva e sentiva nulla (questo è proprio strano). Sembrerebbe strano (ecco!) ma era così. Nemmeno Pallanzi che rintracciava luoghi che nessuno mai si era sognato di descrivere, riusciva ad individuare in quel luogo, che invece era stato descritto minuziosamente dal suo autore, come il vero luogo dove era nata l'idea dell'eterno ritorno. Capisce, c'era qualcosa che non quadrava (come tante altre cose in questa storia), come tante altre cose in questa storia (uffa: la devo smettere di pensare quello che gli altri dicono subito dopo!)

A questo punto Marco si ricordò che doveva essere lui a condurre l'interrogatorio, e accennò:

— Non posso darle torto, e poi perdendosi nei suoi pensieri s'eclissò di nuovo.

— Dunque, la prima volta che siamo stati là siamo ritornati con la coda fra le gambe, mi passi l'espressione (te la passiamo), mentre la seconda volta... quella no!

— Perché ci siete stati due volte? (Te l'ha appena detto Marco, provare a svegliarsi!)

— Esattamente.

— E cos'è successo la seconda volta?

— La seconda volta eravamo meglio preparati (meno male).

— In che modo?

— C'era nello scritto che le ho citato prima anche una seconda parte. In questa Nietzsche non indicava solo un luogo, ossia dove era nata l'idea dell'eterno ritorno, ma offriva anche un altro tipo di coordinate, ovvero diceva quello che in quel momento stava accadendo in lui.

— Si spieghi meglio (non ti preoccupare che ci arriva).

— Nietzsche sosteneva che in lui era cambiato qualcosa in quel periodo, ossia "un mutamento improvviso e profondamente decisivo del suo gusto, soprattutto in riguardo alla musica", tant'è che sosteneva che Zarathustra fosse nato proprio sotto il segno della musica; e poi diceva: "Di certo fu una mia rinascita nell'arte dell'ascolto."

L'idea dell'eterno ritorno dunque, quell'idea propria del personaggio Zarathustra, non era nata vicino a quel blocco piramidale, o meglio, lì era venuta alla luce, ma non era lì che si era formata.

— Mi faccia capire: lì quell'idea era nata ma non si era formata, insomma, cosa vuol dirmi effettivamente Ghirardi?

— Pensi ad esempio ad un bimbo...

— Un bimbo?!

— Sì, un bimbo (ok Marco, digli che ci pensi).

— Ci penso (bravo!)

— Quando un bimbo nasce, voglio dire quando viene alla luce, egli nasce perché il suo processo costitutivo è giunto a termine. Può iniziare a vivere separatamente da sua madre proprio perché ormai è divenuto un essere a sé, ovvero qualcosa che ha in se stesso la propria ragione di vita; in pratica nasce perché è divenuto un individuo a sé, perché è divenuto appunto qualcuno. Così è successo anche per l'idea dell'eterno ritorno. Noi non dovevamo cercare il luogo dove era nata, ma quello dov'era avvenuta la sua gestazione, dove appunto s'era generata, dov'era nata effettivamente (l'uovo di Colombo).

— E l'avete trovato quel luogo?

— Sì (ci avrei giurato).

— E dov'era?

— Si trovava sempre sul bordo di quel lago, e non molto lontano dal famoso blocco piramidale (lì non ci sarei mai arrivata).

— E come avete fatto a trovarlo?

— Le indicazioni le abbiamo trovate sempre negli scritti di Nietzsche.

— Intende che l'aveva scritto da un'altra parte?

— Più o meno.

— Continuo ad ascoltarla, anche se devo dirle che in tutta questa storia non ho ancora trovato molto di quello che potrebbe interessare all'inchiesta.

— Ispettore, del resto me l'ha detto lei che avevamo tutto il tempo. Io l'avevo avvisata che se voleva veramente capire cos'era successo, le avrei dovuto per forza spiegare tutto ciò che era anche avvenuto (te la sei cercata Marco).

— D'accordo, continui (bravo, è sempre stato troppo impaziente mio fratello; non forzare in continuazione, ascolta e basta!)

— Cercherò di fargliela breve, per quanto mi è possibile: il frammento 106 di *Umano troppo umano* porta come titolo *Presso la cascata*. Il contenuto non lo ricordo a memoria, ma qui in borsa ne ho una copia: posso leggergliela se crede.

— Me la legga.

— Allora, il titolo già ci fa capire qualcosa, del resto provi ad immaginarsi cosa potrebbe avvenire presso una cascata (non è poi così male come profe).

— Ghirardi: che domande sono queste?!

— Ci provi la prego.

— Ok, però cerchiamo di non dilungarci troppo: mi lasci pensare...

— Non abbiamo fretta.

— Questo l'avevo già detto io!

— Ha ragione ispettore, scusi.

— Presso una cascata l'acqua cade, s'infrange sulle rocce, schizza, ecc., (a volte quando c'è il sole si vede anche l'arcobaleno).

— Giusto, ma cosa succede ancora (l'arcobaleno Marco: diglielo!)

— C'è un frastuono, sì, c'è un rumore assordante: è questo quello che intende? (Che stupida, è vero, c'è anche quello, anzi, più c'è acqua e più il rumore è forte!).

— Sì, proprio così, c'è un forte e costante rumore (se c'è molta acqua, altrimenti è solo un rumore intermittente, come se qualcuno ne gettasse dei secchi da una finestra). E Nietzsche diceva appunto: "Un nuovo modo d'ascoltare": si ricorda? Coglie il nesso ora? (Cogliamo cogliamo, ingegnosa quest'associazione tra musica e frastuono della cascata).

— Le ricordo che poco fa m'aveva detto che aveva qualcosa da leggere.

— Sì certo, però tenga presente che è stato quel titolo che ci ha suggerito di analizzare con attenzione quanto le leggerò ora: "Guardando una cascata nel vario incurvarsi, serpeggiare e rifrangersi delle onde, noi crediamo di vedere libertà del volere e libera scelta, ma tutto è necessario, ed ogni movimento matematicamente calcolabile. Così è anche per le azioni umane; si dovrebbe poter calcolare in anticipo ogni singola azione, se si fosse onniscienti, come pure ogni progresso della conoscenza, ogni errore, ogni malvagità. Anche colui che compie l'azione nell'illusione del libero arbitrio, se all'improvviso la ruota del mondo si arrestasse e un'intelligenza onnisciente e calcolatrice fosse là per utilizzare questa pausa, essa potrebbe raccontare il futuro di ogni essere sin dai tempi più lontani, e indicare ogni traccia su cui quella ruota dovrà passare. L'illusione che colui che agisce nutre di sé l'ipotesi della libera volontà, appartiene anch'essa a questo calcolabile meccanismo."

Come vede qui c'è già l'idea di qualcosa di ciclico, di necessario ed immutabile, com'è appunto l'idea dell'eterno ritorno dell'uguale, pensata da Nietzsche e divulgata nello *Zarathustra*. L'idea dell'eterno ritorno era dunque già nata, solo che probabilmente Nietzsche non se n'era ancora accorto! E dov'è che era accaduto tutto ciò? Presso la cascata, ma non una qualsiasi, ma la, articolo determinativo, cascata (quella là, che hanno trovato loro, immagino). L'idea più pesante che l'uomo possa sopportare, ossia che la sua esistenza sia già determinata metafisicamente nei minimi dettagli, è sostanzialmente l'idea dell'eterno ritorno dell'uguale. Tutto il senso tragico della vita, se ci pensa bene, è in quell'idea. L'impossibilità che l'uomo con la sua esistenza possa modificare veramente qualcosa e che tutto non possa essere altro che un'illusione, l'illusione del ritenersi liberi, è la verità profonda di quell'idea. Ciononostante è solo partendo da ciò, solo facendosi carico di questa dolorosa verità, della tragicità che comporta divenire coscienti di ciò, che l'uomo può smettere di raccontarsi delle favole e appropriarsi della verità della sua vita. L'uomo, secondo Nietzsche, può partire solo da ciò. Lui che del resto aveva speso la propria esistenza per smascherare tutte le mistificazioni e smetterla una buona volta con le fiabe che da millenni l'uomo si raccontava, vede finalmente qual è la fonte d'ogni mistificazione, ossia la necessità di fuggire di fronte alla verità suprema, appunto quella che per l'uomo non c'è scampo. Ciononostante è solo da questa consapevolezza che egli potrà iniziare ad essere veramente uomo, ossia qualcuno che ha il coraggio di guardare in faccia le cose per quello che sono, sopportandone il peso immenso, e facendosi carico di tutta la tragicità che quel sapere comporta. (Però, ora che ci penso... qualcosa del genere l'aveva detto anche il professor Gill quando mi aveva parlato della vita come malattia mortale; facile a dirsi, è questo che invidio ai filosofi di professione: hanno sempre un'estrema facilità a dire quel genere di cose che, guarda caso, sono sempre anche le più difficili da sopportare).

— E cosa avete trovato in quel luogo, chiese alla fine Marco (la cascata).

— La cascata (visto?) La cascata del titolo di quello scritto.

— Quella che credevate voi ovviamente?

— Sì certo, Nietzsche difatti non la descrive, la nostra era solo un'ipotesi.

— Ed è rimasta tale immagino.

— Se si crede al metodo di Pallanzi, no!

— Bisogna però aver molta fede per convincersene, non le sembra Ghirardi?

— No, non solo quella. Pallanzi sostiene, mi scusi ispettore, Pallanzi sosteneva che anche quello che si sente è già in sé un'oggettività, e non solo l'oggetto in se stesso, ossia quello che si offre ai sensi (questo però lo credo anch'io).

— Certo, se si ricercano i significati della realtà, questo potrà anche essere vero, posso essere d'accordo con lei Ghirardi, ma se si deve semplicemente scoprire chi ha commesso un crimine, le cose cambiano, non le pare?

— Io non sarei però per una distinzione così netta.

— Lei se lo può permettere di non fare distinzioni nette, io invece è solo da quelle che posso giungere a dei risultati. Torniamo ai fatti: e poi cos'è successo?

— Certo i fatti (ecco perché io non riuscirei mai ad essere una buona poliziotta). Innanzitutto una precisazione di carattere cronologico: la cascata che noi abbiamo trovato non era quella descritta nel frammento. La redazione di *Umano troppo umano* è anteriore alla prima visita di Nietzsche a Silvaplana. Lì ci andrà solo per la prima volta nel 1881, mentre la pubblicazione della prima parte del testo che le ho citato è avvenuta nel 1878. Siamo dunque certi che quella cascata non è la medesima descritta nel frammento, proprio perché quando Nietzsche ne parla non aveva ancora avuto modo di vederla. Ciononostante la convinzione di Pallanzi era che quella fosse la cascata del destino di Nietzsche. Era quella cascata che avrebbe fatto nascere lo Zarathustra, proprio perché è in quel posto che Nietzsche ne diviene cosciente e può affermarlo. In altre parole è quella la cascata che fa sbocciare in Nietzsche l'idea che germinava in lui.

— Ma non dovevamo parlare dei fatti Ghirardi?

— Sì sì, ma mi conceda ancora due piccole cose, ci arrivo subito ai fatti.

— Prego, ma non si perda di nuovo.

— Nella prima parte di *Umano troppo umano* Nietzsche ci racconta del suo distacco dalla musica di Wagner. Ha presente ispettore quando prima le ho parlato del nuovo modo d'ascoltare di Nietzsche?

— Un nuovo modo in genere dovrebbe nascere quando quello vecchio non appare più adeguato, quando ci si accorge ad esempio che il vecchio modo era un errore; vuol dirmi per caso che le cose che si vedono non sono mai vere fino in fondo, e che quello che si vede è solo un'apparenza, ossia che ci sia solo una somiglianza tra ciò che si vede e quello che è? È questo che intende?

— Più o meno ispettore. Per essere più precisi ci converrebbe però dire che non c'è mai un'uguaglianza perfetta tra quello che vediamo e quello che è, che non sono appunto mai la stessa cosa, che vi è dunque una frattura insanabile tra il vedere e la sua verità, ossia che quello che si vede, in realtà, è sempre più complesso di quello che sembra (su questo non posso che essere d'accordo, difatti se io fossi solo quella che sembro, povera me).

— Ha dimenticato nuovamente i fatti Ghirardi.

— No, non li ho dimenticati ispettore, ora sono pronto per i suoi fatti: la cascata da noi individuata appartiene ad un torrente che si chiama Ova, Ova de Surlej per la precisione; ora, avvicinandoci a quella cascata il Professore impallidì e iniziò a tremare. Da parte mia iniziai a preoccuparmi, ma lui non volle affatto fermarsi, cosicché giungemmo su una grossa roccia che costeggiava la cascata, ed è anche lì che Pallanzi fu assalito da un fortissimo mal di testa. A quel punto m'impaurii per davvero e proposi al Professore di rientrare all'albergo, ma lui continuò a non essere d'accordo. Glielo riproposi ancora una volta, e quest'ultima mi fece cenno d'aspettare. Alla fine ci fermammo su quella roccia per un paio d'ore. Intanto bisogna dire che il Professore aveva ripreso colore e smesso di tremare, così io mi tranquillizzai un po'. Là rimase immobile per tutto il tempo fissando il rifrangersi dell'acqua che precipitava dalle rocce. Tornati all'albergo gli chiesi cos'era successo: mi rispose che aveva visto una donna, una donna che l'aveva bloccato, gli aveva sbarrato la strada non permettendogli d'andare oltre. Possedeva uno sguardo minaccioso mi disse, e ai lati del viso aveva due nuvolette, una fatta di moscerini e l'altra di numeri. Gli chiesi se gli era successo ancora d'avere visioni di quel genere, lui mi disse di no.

— Ed era quella la donna che poi le chiese di uccidere?

— Sì, solo che il problema, ammesso che avessi voluto farlo, non ne sarei mai stato capace. Quella donna io non la vedevo ispettore, esisteva solo nella sua testa!

— E poi è scomparsa, dalla sua testa?

— Là a Silvaplana sì, ma poi continuò a riapparirgli, e con maggior insistenza, tant'è che non riuscì più a rendersi conto che era solo una visione. Anche quel giorno che mi convocò in ufficio la scorgeva: "Guarda è proprio lì, non la vedi?" mi chiese. Io non vedevo proprio nulla, e allora si arrabbiò dicendomi che ero un vigliacco e che da lui non meritavo niente.

— E perché non tentava lui di ucciderla?

— Veramente ci aveva provato più volte, inizialmente voleva solo scacciarla, ma tutte le volte che cercava di avvicinarsi a lei, si scansava, e lui non riusciva nemmeno a sfiorarla. Io gli consigliai di consultare un medico, e fu per questo che andando su tutte le furie mi cacciò dal suo ufficio urlandomi di non farmi più vedere.

— Ed è quello che ha fatto?

— Sì, l'ho accontentato quasi subito, anche perché a quel punto ero piuttosto impaurito, e nemmeno avevo una pallida idea di come avrei potuto aiutarlo.

— Ma ne ha parlato a qualcuno?

— Ho cercato di sentire sua moglie, solo che lei non si dimostrò molto preoccupata, anzi: per lei era quello di sempre, non le sembra un po' strano?

— E lei Ghirardi le ha creduto?

— Non ho potuto fare altrimenti.

— Ne ha parlato ad altri?

— No!

— Ha altro d'aggiungere?

— No ispettore, mi sembra di non aver trascurato nulla.

— D'accordo Ghirardi, la ringrazio per la sua deposizione, ora può andare.

— Grazie a lei ispettore, spero che possano esserci sviluppi nei prossimi giorni.

— È quello che speriamo tutti, arrivederci.

— Arrivederci.

Marco venne a prendermi nello stanzino chiedendomi che impressione avessi avuto. Gli risposi che m'era sembrato sincero, anche se a questo punto le cose mi sembravano più complicate di prima. Marco fu d'accordo ma poi aggiunse: "Sono più complicate ma almeno ora abbiamo una pista!"

Aveva ragione.

La cosa che m'aveva più incuriosito era quella donna. Non dissi nulla a Marco, altrimenti suppongo che mi avrebbe redarguito: "Anche tu sulle orme di Pallanzi?" avrebbe probabilmente insinuato, quelle della follia, per intenderci. Era chiaro che quella donna era solo frutto della sua immaginazione, ma era anche ciò che più m'interessava. Difatti seppur pericolosi credo che sia solo attraverso quei frutti, i frutti dell'immaginazione, che gli uomini possano divenire anche più umani.

Tutto qua.

Marco poi m'informò che avrebbe dovuto interrogare anche l'altra dottoranda di Pallanzi, ma prima, e se fossi stata disponibile, riteneva più utile che qualcuno l'avvicinasse, qualcuno non della polizia, per cercare d'ottenere delle informazioni più confidenziali, quello che si diceva in giro per esempio, nel suo ambiente. Quel qualcuno avrei dovuto essere io. Ero in ballo: gli dissi di sì. Inoltre quella sera Marco non sarebbe rincasato presto; capii, e per questo presi un appuntamento con Gesy solo per il giorno dopo. Anche quello di giorno, il giorno dopo, avrei dovuto dirle che ero la sorella di Marco, ma com'è facile immaginare anche quel giorno non se ne fece nulla.

*

Luisa era una ragazza loquace, disponibile alla conversazione, inoltre possedeva un magnifico sorriso, solare, e un graziosissimo neo sulla guancia sinistra: era molto simpatica. Ancor prima di conoscerla l'avevo contattata per telefono, ottenuto sempre grazie alla mia amica Marta; l'avevo informata che mi sarebbe piaciuto incontrarla perché il professor Gill mi aveva accennato del concorso di dottorato, quello che avrebbe avuto luogo tra non molto, e che per questo sarei stata interessata a sapere da lei, che dottoranda già lo era, quale fosse la sua esperienza, per cercare di capire che tipo di problemi un'attività del genere comportasse. Lei fu d'accordo e m'invitò con estrema disinvoltura a prendere un caffè presso un bar dell'università.

Non so cosa mi successe, forse la sua estrema disponibilità, la sua spiccata attenzione, la sua schiettezza o chissà cos'altro, sta di fatto che fui io a confidarmi con lei piuttosto che il contrario. Le raccontai in che genere di pasticcio m'ero cacciata con Marco, e lei sorrideva sorrideva. Di Pallanzi quasi non mi ricordai nemmeno di parlargliene, se non fu perché lei appunto, avendo saputo del mio "incarico segreto", mi mise al corrente di un fatto che era successo non molto tempo fa, e del quale era stata testimone. Mi raccontò che durante una lezione uno studente non smetteva di ridere e chiacchierare con l'amico che aveva accanto. Pallanzi infastidito lo richiamò assicurandogli che alle sue lezioni nessuno era obbligato a presenziare, e che quindi se proprio voleva continuare a chiacchierare e a ridere avrebbe benissimo potuto farlo anche da un'altra parte. Lo studente d'origini arabe ebbe una reazione smisurata. Iniziò ad inveire contro il Professore dicendogli che era un ipocrita, un imperialista, e che di quello che diceva non era vero nulla, e che per loro l'anima era invece un'arma, e lo stavano dimostrando a tutto il mondo; loro erano veramente superiori a tutti quelli che invece si credono tali solo perché posseggono le bombe più sofisticate, e che anche lui, riferendosi al Professore, prima o poi sarebbe sparito dalla terra assieme a tutti i porci dell'occidente, quelli che da secoli sfruttano i mussulmani sputando sulla loro cultura. Il Professore rimase allibito. Dopodiché baldanzosi i due, sbattendo la porta, uscirono dall'aula, e da quella volta Luisa non li rivide più.

— Ma di cosa stava parlando il profe? Le chiesi.

— Ma guarda... nulla che avrebbe potuto offendere nessuno, anzi, era piuttosto l'opposto di quello che quei due avevano capito. Era una lezione dedicata ad un testo di Tommaso d'Aquino, il *De Imitate Intellectus*, dove Tommaso difende la dottrina cristiana dalle interpretazioni d'Averroè alla concezione aristotelica dell'anima.

— Fammi capire per favore.

— Devi sapere che non molto tempo fa è stato scritto un libro che mette in dubbio l'opinione più accreditata dagli studiosi del fatto che l'Occidente abbia scoperto Aristotele attraverso la mediazione della cultura araba. L'autore di quel libro sostiene che l'Occidente non avrebbe invece nessun debito nei confronti di quella cultura, e che i commentari aristotelici di Averroè furono sovrastimati all'epoca. Secondo lui il filosofo greco fu invece compreso in modo autonomo, e una prova di ciò sarebbe dovuta al fatto che San Tommaso d'Aquino criticò aspramente l'interpretazione di Averroè in riguardo all'esistenza di un'anima universale e uguale per tutti.

— E Pallanzi cosa diceva?

— Lui in quella lezione voleva solo collocare storicamente i termini della disputa tra Tommaso e Averroè, per sostenere che non aveva alcun senso strumentalizzare delle concezioni nate attraverso delle esigenze storiche che non possono, per nulla, essere paragonate a quelle odierne.

— Voleva sostenere che non ha senso andare a pescare nella storia per giustificare un'ipotetica superiorità culturale di qualcuno, le chiesi.

— Proprio così; difatti era lontana mille miglia per Pallanzi l'idea che una cultura umana, in qualsiasi momento storico, possa ritenersi superiore ad un'altra. Del resto ciò non era nemmeno l'esigenza di San Tommaso, in quanto la sua preoccupazione era prettamente d'ordine teologico, ossia che le verità filosofiche potessero sconfessare i testi sacri. L'idea di Pallanzi invece era che fosse la diversità, sia dei diversi modi di considerare il mondo che di vivere della gente, la vera ricchezza della cultura.

— E come ha fatto a spiegare questa cosa?

— In quella lezione egli stava evidenziando che il discorso di San Tommaso era più che legittimo, ma solo perché rispondeva a delle esigenze che non erano né di Aristotele né di Averroè.

— Spiegati meglio per favore.

— Quando Aristotele tratta dell'anima e Averroè la commenta, né l'uno né l'altro possiedono l'esigenza di farne il centro della vita morale; cosa invece che interessa a San Tommaso, il quale sostiene che se si nega l'esistenza di un'anima individuale ed immortale degli uomini, si avvalora il fatto che, dopo la morte, non vi possa più essere nulla che corrisponda a quella singola persona, come nemmeno alla sua responsabilità d'aver vissuto virtuosamente nel bene oppure nel male; di conseguenza come potrebbe essere possibile parlare anche di un premio o di un castigo per gli uomini, di un paradiso o di un inferno per loro, di un premio o di un castigo per aver vissuto o meno nella legge di Dio? Capisci che le preoccupazioni di San Tommaso erano squisitamente di carattere morale e teologico, ossia che ci fosse una coerenza tra la morale e i dogmi della religione cristiana, e tu pensi che anche Aristotele potesse avere questo tipo di preoccupazioni?

— No, non credo, il suo poteva essere più un interesse cosmologico, quello ad esempio di trovare per il mondo un principio unico ed universale.

— Quindi è molto più probabile che sia più corretta l'interpretazione dell'anima universale di Averroè che non quella individuale di San Tommaso, non ti sembra?

— È probabile, è molto più probabile, e glielo dico convinta, anche se non nego che la questione è complessa.

— Quindi sostenere che Aristotele sia stato accolto dalla cultura occidentale in modo autonomo, può essere anche vero, certo, ma non si può essere altrettanto certi che quello fosse realmente Aristotele! È chiaro che anche Averroè avrà avuto le sue idee, ci mancherebbe, e che gli Averroisti, a cui San Tommaso si rivolgeva, avranno pure aggiunto del loro, tuttavia ciò non toglie che in riguardo alla concezione dell'anima Averroè avesse affrontato Aristotele con più pertinenza che non fosse San Tommaso. Averroè del resto scrive un commentario, quando San Tommaso inizialmente ne fa solo l'oggetto di una disputa nei confronti degli Averroisti; proprio nello stesso modo che al tempo si contrastavano le varie eresie cristiane. Già l'impostazione ti può far capire la diversità d'approccio alla questione. In effetti, sarà solo in un secondo tempo che anche San Tommaso scriverà lui stesso un commentario al *De Anima*, ma lo farà con il principale intento, come ti dicevo prima, d'accordare la filosofia d'Aristotele ai dogmi del cristianesimo. Il suo commentario rimarrà dunque influenzato da quelle motivazioni.

— In pratica... fammi capire: Pallanzi stava difendendo Averroè?

— Proprio così! Lo stava difendendo, o meglio, lo stava difendendo da tutti quegli usi strumentali che servono solo a determinati gruppi umani per proclamare la loro superiorità culturale nei confronti di altri, i quali hanno perciò l'esclusivo intento di creare o alimentare l'omofobia.

— Quei due non avevano capito proprio nulla, o forse si erano troppo riconosciuti in quelle parole, sostenni sconcertata. Del resto mi fa sempre molta rabbia costatare che in giro vi sia sempre troppa gente che vede e sente esclusivamente con gli occhi e le orecchie delle proprie convinzioni.

Domandai a Luisa se le sarebbe piaciuto andare in pizzeria assieme una sera. "Volentieri" mi rispose.

Luisa non era solo simpatica: mi piaceva!

*

Quella sera rincasando trovai Marco già ai fornelli: incredibile! Aveva persino avuto il tempo d'essere in anticipo con la cottura: una deliziosa zuppa di pesce m'attendeva. Mi fa impazzire la zuppa di pesce di mio fratello. Nostra madre in fatto d'educazione era sempre stata irreprensibile, di certo anche su altre cose, ma lei in ogni caso non è mai stata come quelle madri che insegnano i lavori di donna alle figlie e niente ai figli.

La sorpresa non fu però la zuppa di pesce in sé, ma piuttosto che aveva invitato Gesy a cena; sarebbe passato a prenderla da lì a poco.

Com'è facile immaginare ero completamente nel pallone: "Tutti i nodi vengono al pettine", era la saggezza popolare a dirlo, mentre io, mi ci trovavo solo: al pettine! Perciò, intanto che compostamente mi straziavo tra me e me per cercare di non far trasparire la mia inquietudine, e che le viscere mi si contorcevano nell'estremo tentativo d'immaginarmi un da farsi che mitigasse, almeno un po', la vergogna che m'attendeva, Marco mi mise al corrente degli sviluppi su Pallanzi. Io non capii nulla, tant'era la mia confusione, solo qualche parola afferrai: libri, biblioteche, Pallanzi durante la sua sparizione, Zarathustra... Ero sul punto d'inventarmi una scusa per non fermarmi a cena, solo che lui era troppo felice, come avrei potuto rovinargli questo momento di grazia? Era la prima volta che facevano qualche cosa assieme, al di fuori della sua, di lei, professione. Lei gli aveva detto di sì solo perché le aveva proposto di farle conoscere i suoi familiari, in altre parole io. Ma la situazione era troppo imbarazzante. Bevvi un doppio aperitivo, molto ma molto alcolico, e poi decisi: sia quel che sia!

Gesy era più bella del solito; portava un paio di calzoni attillati ed un'ampia camicia di lino stretta da un cinturone che le metteva pienamente in risalto i glutei, sodi e sostenuti dai rigogliosi polpacci prorompenti da un paio di stivali stile cowboy, tacco vertiginoso. Adoravo i suoi glutei: non si è capito?

Gesy inoltre si dimostrò estremamente professionale.

Mi sorrise, con quei sorrisi che non lasciano trasparire né il minimo stupore né la minima complicità dissimulata. Capii subito che non le sarebbe mai potuto venire in mente d'accennarmi qualcosa del tipo: "Ma non è che ci siamo già viste da qualche parte?" Mi sentii rinascere.

Marco dopo le presentazioni andò in cucina, e fu allora che lei mi sorrise con più simpatia accarezzandomi il viso. Le feci cenno col dito sulle labbra di non dire nulla, e lei semplicemente ripeté il mio gesto.

— Ecco la mia specialità: zuppa di pesce!

— È proprio vero, è proprio bravo Marco a fare la zuppa di pesce, aggiunsi come una bambolina a cui hanno fatto partire il meccanismo vocale.

Eleverina, era questo il vero nome di Gesy, aveva 32 anni e proveniva da San Pietroburgo. Orfana dei genitori era stata allevata da una nonna materna. Le piaceva l'Italia e aveva sempre sognato di poterci vivere un giorno. Una delle cose che più temeva era la povertà; inoltre era stata sposata, ma non aveva avuto figli; detestava il comunismo, più precisamente detestava i comunisti russi: si sentiva che qualcuno le aveva fatto del male. Stranamente però destava anche i capitalisti, soprattutto quelli senza alcuna morale, tanto per intenderci gli arricchiti del suo paese; si sentiva perciò che aveva avuto anche una nonna che le aveva insegnato qualcosa!

— Ma guarda che neppure i nostri sono tanto meglio, sostenni, senza il bisogno di pensarci troppo.

— Certo, mi fece lei, però voi qui almeno avete la tradizione della bellezza, e quando qualcuno diviene più ricco, cerca di divenire anche più bello: non solo più arrogante!

Come non pensare ai capelli fini fini che crescono sulla ex pelata di qualche arcinoto personaggio pubblico, vagheggiai tra me e me senza dir nulla. Inoltre m'ero già resa conto che Gesy non era una prostituta come le altre, anche se era la prima che conoscevo. Del resto, come tutte le cose, siamo sempre noi che ci semplifichiamo la vita attraverso la creazione dei tipi di persone: le prostitute, guarda caso, ma anche i preti, gli avvocati, le nonne, le badanti, i primi ministri... Quando poi, e lo sappiamo molto bene, si dimostra che le persone in questione non sono mai come le immaginiamo, dato che quando conosciamo qualcuno per davvero, questi è sempre diverso da quello che il suo appartenere ad un qualche genere lo vorrebbe relegare. L'esperienza è sempre diversa dalla categoria che la interpreta. Ma questo, che non è poi nemmeno troppo difficile da ricordare, lo dimentichiamo sempre e con molta facilità, proprio perché la vita in fondo è sempre più complessa di quello che vorremmo che fosse. La stessa cosa vale per me. Ho sempre detto di no a tutti i ragazzi che mi si proponevano, quando sapevo bene che sarebbe bastato dire di sì ad uno, affinché le cose andassero lisce lisce per tutta la mia vita. Il fatto è che non ho mai trovato quello sufficientemente gentile con cui trovarmici bene, mentre con molte donne, non ho mai avuto di questi problemi.

— Sai Marco, a dire il vero prima non è che ti abbia seguito molto, cosa dicevi in riguardo all'inchiesta?

Mi guardò come per dire: "Ma che domanda mi fai proprio ora, lo sai che non posso parlare di certe cose!" Allora presi l'iniziativa affrettandomi a rispondere alla sua espressione:

— Non c'è nulla da temere, Eleverina è ormai di famiglia: puoi parlare tranquillamente, non è così? Feci rivolgendomi a lei.

— Ma no, non era per questo, solo che non vorrei annoiarla con cose che probabilmente non le interessano affatto.

Impostore! Pensai.

— Per nulla sostenne lei, mi piacciono i polizieschi.

— Visto Marco, perché hai sempre così poca fiducia nell'interesse che può suscitare il tuo lavoro: i polizieschi sono uno dei generi più venduti in libreria, non è così Eleverina?

— Verissimo, difatti lì è sempre il bene che sconfigge il male, e la giustizia trionfa quasi sempre.

— Cosa ti dicevo fratellino.

Fu a questo punto che Marco ci riportò alla cruda realtà:

— Il fatto è che il mio lavoro non è quello del romanziere, e i casi non risolti sono sempre maggiori degli altri.

— È vero, mi venne allora da aggiungere, solo che l'intento che anima il vostro lavoro è nobile, l'ideale della giustizia lo è, la vostra è più una missione che un semplice lavoro.

A questo punto mi resi conto che il soggetto della nobiltà del lavoro avrebbe potuto imbarazzare Eleverina, la quale però non sembrò per nulla turbata, anzi, colse l'occasione di sfatare quello che a ben pensarci non è altro che un tabù:

— Il mio di lavoro, a detta di alcuni il più antico del mondo, anche lui ha fatto versare fiumi d'inchiostro agli scrittori.

— In effetti tutto ciò che è eccezionale fa sempre parlare molto di sé, sostenne Marco.

— Ma non solo parlare, aggiunsi io, anche guardare di più; difatti quello che si guarda con più curiosità in genere è proprio ciò che non è consueto.

— Il problema però non è tanto questo, affermò Gesy, il problema è che certe cose vengono considerate solo come un bene, mentre altre solo come un male.

— Come? Le chiesi meravigliata.

— Ad esempio, la prostituzione è un bene: non siete d'accordo? (E come potevamo non esserlo), ciononostante la società la considera un male.

— In che senso? Chiese allora Marco con l'espressione di chi sta scoprendo una donna totalmente diversa da quella che credeva di conoscere.

— È un bene perché se uno paga per quel tipo di prestazione lo fa perché quello che avrà in cambio è qualcosa che reputa positivo. La prostituzione è generalmente ritenuta illegale perché è vista come una minaccia per la famiglia, anche se in verità sono più i tradimenti non mercenari ad esserlo, ma quelli però sono legali.

— E tu pensi che questo sia sbagliato? L'interrogò con ancor più sorpresa di prima Marco.

— Sì, penso che sia sbagliato, anzi, penso che anche la prostituzione sia un errore, perché si dovrebbe poter amare senza vincoli, si dovrebbe poter offrire l'amore senza tornaconti. Io odio farmi pagare, ma ciò che odio ancor di più è dovermi obbligare ad un lavoro da schiava, in una qualche e disumana catena di montaggio di una qualsiasi e fetida fabbrica. Per me la prostituzione è di certo stata una forma d'emancipazione, anche se non è ancora ciò che desidero.

— Interessante, feci io.

— Interessante, aggiunse Marco.

— E allora continuai sempre più incuriosita: e cos'è quello che desideri?

— Non te lo so dire di preciso, magari potrei dirtelo la prossima volta. Una cosa però è certa, vorrei fare qualcosa che non possa essere considerato né solo un bene, perché non credo che sia possibile fare solo del bene, né solo un male, perché nemmeno questo credo sia possibile fare solamente.

— Potresti fare la poliziotta come Marco allora? E sorrisi.

— Scherzi, ma poi: pensi che potrei essere in grado?

— Certo che lo saresti! Aggiunsi continuando a sorridere, ma questa volta solo per far fronte al ghigno disapprovatore dell'unico uomo della nostra serata.

— No, io non credo, ma poi anche Marco tutto sommato è condannato a fare solo del bene, dato che il male è ciò che deve combattere, il male nel suo lavoro gli è precluso, e lo disse come se fosse il compito più stimabile di questa terra.

— Hai ragione, il mio caro fratellino è condannato a fare solo del bene, confermai stropicciandogli i capelli.

— Smettila! Mi arrestò allora lui, e poi ci sono mali e mali... Io comunque non è il male che combatto, ma quello che cerco di fare, è solo che la gente divenga responsabile delle azioni che compie, soprattutto quando queste danneggiano altre persone.

— Il tuo compito è di far rispettare la legge, ma la legge è fatta dagli uomini, e gli uomini molte volte sono anche ingiusti, nonostante quello che facciano sia legale... sollevò con l'intuito di chi queste cose le deve aver per forza anche pensate, la nostra sorprendente ospite.

— Bella questione, e tu adesso mister poliziotto cosa rispondi?

— Io rispondo prima di tutto alla mia coscienza.

— E se una legge è sbagliata? Incalzò lei.

— Vedi che anche a noi il male non è precluso, soggiunse allora con ironia Marco.

— Dunque, cercando di riassumere, se tutti dovessimo rispondere solo alla nostra coscienza sarebbe possibile uscire dal giogo del bene e del male, proposi, intanto che il ferro era ancora caldo.

— Può darsi, affermò lui, difatti nella coscienza non esistono queste categorie. Nella coscienza si possono fare le cose solo in modo coscienzioso o meno, non secondo il bene o il male.

— Ma la coscienza a cosa risponde in fondo? Domandò senza esitazione Eleverina.

— Per me la coscienza è ciò che raccoglie sinteticamente tutte le mie esperienze, i miei giudizi, quello che ho vissuto, risposi io.

— Per me la coscienza è il non definire una volta per tutte le cose, ma mantenere un certo senso critico sulla realtà, sostenne Marco.

— Per me la coscienza, concluse Eleverina, è andare verso ciò che è giusto e non solo verso ciò che si vuole.

— Ma allora cos'è questa coscienza se non la si può definire in un solo modo? Riproposi.

— La coscienza è come tutte le cose, ossia come la verità di tutte le cose.

— Prego: cosa vorresti dire Marco? Lo interpellai nuovamente.

— Mi spiego: quando si deve investigare su qualche cosa, si deve cercare d'individuare, non tanto la verità o meno di una pista d'indagine, proprio perché gli indizi non sono mai né solo veri né solo falsi, piuttosto bisogna cercare di mettere assieme tutti quegli elementi che potranno aiutarci a risolvere il caso.

— Facci un esempio per favore.

— L'anno scorso ci siamo trovati a ricercare un pirata della strada che aveva investito un signore. Questi essendo morto non poteva evidentemente dire chi l'avesse investito. I testimoni oculari invece, un uomo ed una donna, sostenevano due versioni opposte. Uno diceva che ad investirlo era stata un'autovettura di color rosso, l'altra invece un'autovettura di color grigio metallizzato. Secondo voi chi diceva la verità e chi il falso?

— Non so: diccelo tu!

— Chi diceva che era stata la macchina rossa lo diceva convinto, e anche la signora che l'aveva visto rotolare a terra dopo l'impatto con un'autovettura di color grigio metallizzato, non faceva trasparire ombra di dubbio. E allora chi mentiva tra i due?

— Nessuno, così come nemmeno nessuno diceva la verità.

— Proprio così cara sorellina, e sapete perché.

— No, questo proprio non te lo so dire.

— Perché entrambi, da dove si trovavano al momento dell'incidente, ne avevano visto solo una parte. Il povero signore non era stato vittima solo di un pirata della strada, bensì due, i quali l'avevano uno dopo l'altro investito e travolto. Se noi avessimo dovuto cercare solo una macchina rossa, oppure solo una grigio-metallizzata, probabilmente non saremmo mai riusciti a risolvere quel caso. Invece avendo considerato attendibili entrambe le testimonianze, ci siamo messi a cercare, non una sola macchina, ma due, e così facendo abbiamo potuto individuare i colpevoli. Immaginando che ci potesse essere una relazione tra i due automobilisti, abbiamo ipotizzato che i proprietari avrebbero potuto far riparare entrambe le vetture nella stessa carrozzeria, e così è stato; difatti in una carrozzeria del vicentino le abbiamo scovate entrambe: erano di una coppia, marito e moglie.

— Tornando alla nostra coscienza allora potremmo avere ragione tutti e tre? Chiese allora Gesy. Preferivo chiamarla così piuttosto che col suo vero nome, che mi sembrava proprio tutto, meno che suo.

— Io lo credo; penso proprio che una non debba per forza escludere l'altra, sostenne convinto Marco.

Al che mi sentii d'aggiungere:

— Ma nemmeno una per proprio conto come nemmeno tutte e tre assieme credo possano dire la verità definitiva su ciò che sia la coscienza.

— Perché dici questo, m'interpellò allora Gesy con l'aria di non aver capito molto quello che avevo detto.

— Come dire: sono degli indizi validi, ribadii, possiamo considerarli dei buoni punti di partenza, ma la ricerca è ancora in atto, non è conclusa!

— E forse non potrà nemmeno mai concludersi, ammise lei.

— Ma essere sulla sua strada è già qualcosa.

— Ed esserlo assieme è anche molto più stimolante che esserlo per proprio conto, finì col riassumere Marco.

La serata terminò poi con l'apertura di una seconda bottiglia di vino, che però avanzammo completamente. Credo che in quell'istante ciò che sentivamo tutti e tre fosse la medesima cosa, ossia quella di trovarci ad un inizio, all'inizio di qualcosa che però nessuno dei tre poteva ancora immaginare, ma che comunque ci faceva sentire uniti per uno scopo che non fosse il semplice piacere d'essere lì e basta. È per questo che forse lasciammo ancora tutto il vino in quella bottiglia, come se fosse una riserva da conservare per il nostro futuro.

Del caso Pallanzi ne parlai con Marco solo il giorno dopo. Lui mi raccontò che il Professore nei tre giorni prima della sua morte era stato visto in diverse librerie e biblioteche della città e provincia, e che in tutte aveva cercato, e questa è la cosa veramente insolita, il medesimo libro di Nietzsche: il *Così parlò Zarathustra*. A conti fatti tra librerie e biblioteche ne aveva racimolato tra i 300 e i 400 esemplari.

E per farne cosa?

Questo restava un mistero!

*

In riguardo al fatto successo alla lezione di Pallanzi, quello raccontatomi da Luisa, Marco si dimostrò piuttosto perplesso. Era secondo lui una cosa da non trascurare, ma gli sembrava più una spacconata, fatta senza molta consapevolezza di quello che si sta dicendo, piuttosto che una vera e propria minaccia. Non riuscii però ad astenermi d'affermare che queste erano anche le persone più pericolose. Marco alzò le spalle, come per dire: "Cosa vuoi farci, il mondo è pieno d'idioti", e come per avvalorare questa impressione, mi raccontò che anche uno dei figli del Professore gli aveva narrato di un fatto molto simile a quello. La cosa m'incuriosì e gli chiesi di parlarmene.

Il professor Pallanzi, che da un po' di tempo si stava occupando della filosofia araba e in particolare di Averroè, era stato invitato ad un dibattito che sarebbe seguito alla proiezione del film *Il destino*, lungometraggio che tracciava i punti salienti della vita del filosofo. Assistette alla proiezione e alla fine, invitato dall'animatore, prese la parola introducendo l'argomento della famosa disputa sulla questione dell'anima, nella quale Averroè veniva appunto criticato da San Tommaso. Ad un certo momento del suo intervento, senza attendere la fine e in modo piuttosto rumoroso, un gruppetto di suore lasciò la sala. Un signore lì presente, non si capisce bene il perché, interpretò il gesto delle sorelle come un segno di disapprovazione di quanto il Professore stava sostenendo. Decise dunque di bloccare l'intervento di Pallanzi, e con un'invettiva piuttosto insensata si scagliò contro gli extra comunitari, a suo modo di vedere causa di tutti i mali del Paese, ma anche contro coloro che li difendono sostenendo che la nostra economia non può più farne a meno. Urlò infine dicendo che gli sembrava vergognoso dover sentire da imminenti professori universitari delle assurdità del genere, e prima di andarsene sostenne che di cattivi maestri in Italia ce n'erano già stati abbastanza, e anche lui, rivolgendosi sempre a Pallanzi, come tanti altri che hanno fatto solo del male al nostro paese perché non hanno mai voluto ascoltare la sola verità che conta, e che è quella di Dio, non era degno di vivere in uno dei luoghi più belli della terra, com'è appunto l'Italia, e che quindi sarebbe stato meglio che se ne andasse in Russia o in Palestina, oppure al diavolo, e per sempre!

La parte finale non la compresi bene, ma secondo Marco l'uomo aveva messo assieme arabi e comunisti, nonostante ormai tutti sanno che in Russia non c'è più il comunismo. Quella del diavolo invece era abbastanza chiara!

Il figlio di Pallanzi gli aveva inoltre raccontato che la cosa più sorprendente è che suo padre non stava affatto difendendo Averroè, anzi, quello che stava sostenendo era piuttosto l'interesse delle osservazioni che San Tommaso aveva offerto al testo aristotelico, le quali determinavano un punto di svolta molto importante per tutto ciò che sarebbe stata la concezione dell'uomo da lì in poi, e principalmente per la cultura rinascimentale. Diversi storici del resto hanno più volte ribadito che il Rinascimento non è iniziato con l'epoca storica che lo identifica, bensì già col Medioevo. Le concezioni di San Tommaso per Pallanzi avvaloravano proprio quella tesi. Collocando l'origine dell'anima nell'uomo, piuttosto che al di fuori come gli antichi greci avevano fatto, almeno da Platone in poi giungendo fino allo stesso Averroè, si stabilì una nuova centralità per l'uomo, la quale diverrà il filo conduttore delle considerazioni che dell'uomo si faranno fino ai giorni nostri, e che nessuno ritiene di dover mettere in discussione, proprio perché sono i capisaldi della libertà individuale. Difatti è in questo modo che l'uomo può dare senso alla sua esistenza; è attraverso il suo libero arbitrio, concetto che sta molto a cuore a San Tommaso, che l'uomo diviene responsabile del suo pensiero, delle sue azioni, delle sue scelte. Nessuna autorità esteriore quindi lo può sostituire, nemmeno Dio, così come nemmeno lo può sottrarre da quel compito singolare ed esclusivo che gli compete; proprio perché egli è uomo, e non una qualsiasi cosa, proprio perché possiede l'intelletto, il quale già per lo stesso Aristotele è la parte più nobile dell'anima!

In pratica Pallanzi nemmeno aveva parlato di Averroè, l'aveva solo citato, qua e là.

*

Quel pomeriggio sentivo il bisogno di muovermi, proprio come quando ci s'infila nel letto e le gambe non cessano di scalciare le lenzuola. Presi la bicicletta, e siccome era anche una bella giornata, iniziai a pedalare, pedalare. Passato il ponte dell'Adige scelsi di continuare verso la pianura e costeggiare il fiume fino al Lazzaretto di San Michele, dove da piccola mi rifugiavo con i miei compagni di scuola a compiere le prime esperienze "da grandi": fumare una sigaretta, dare un bacio sulla guancia a qualche ragazzino, oppure anche solo respirare l'aria della campagna, insozzandomi irrimediabilmente le scarpe, quando andava bene, su quelle stradine sempre o troppo asciutte o troppo bagnate. Quel giorno m'ero messa pure una gonna piuttosto ampia, l'unica che possedevo, affinché pedalando le mie gambe non perdessero nulla della brezza frizzante che s'infiltrava, ovvero uno degli ultimi piaceri (o peccati) riservati ancora ed esclusivamente a noi donne. Certo: e a chi se no?

Ma poi: che donna era quella della visione di Pallanzi, mi chiedevo. Gli era apparsa dal nulla, vicino a quella cascata, con due nuvolette ai lati del capo, una fatta di numeri e l'altra d'insetti, moscerini, mosche o chissà altro. Doveva per forza esserci un legame tra quella donna e la cascata, o forse anche tra lei e il corso dell'acqua. Cosa diceva Nietzsche? Ah sì: "Se si potesse fermare il corso del tempo e un'intelligenza onnisciente potesse calcolare quello che effettivamente sta accadendo in quell'istante, quell'intelligenza sarebbe anche in grado di dire esattamente quello che succederà", come dire: sarebbe in grado di prevedere il futuro tale quale sarà; difatti per Nietzsche tutto ritornava sempre nel medesimo modo, dato che era governato da una sola e medesima legge: l'eterno ritorno dell'uguale!

Avevo bisogno di scrutare il corso del fiume, avevo bisogno di vedere dell'acqua, e questa sapevo che non si trovava molto lontano da dove ero. Conoscevo bene quel posto, sapevo di una stradina che mi ci avrebbe portato, seppur più impervia di quella che stavo percorrendo in quell'istante. Fu anche per quello che ad un certo punto non riuscii più a controllare la bicicletta, difatti la ruota anteriore si mise a scivolare sul bordo di una pozzanghera, ed io finii rovinando a terra. Fortunatamente non mi feci nulla, ma dell'acqua per potermi lavare a quel punto mi era ormai indispensabile. Lasciai dunque la bici appoggiata ad un albero, e mi avventurai nell'ultimo tratto di quel sentiero in terra battuta fino alla sponda del fiume. In quel punto l'Adige s'isolava in una stretta ansa, nella quale si poteva solo immaginare l'estensione del suo corso serpeggiante. Il fiume appariva con impeto maestoso dalla folta vegetazione, rendendo quel luogo misterioso. Lì si poteva persino facilmente credere di trovarsi al cospetto di una cascata, seppur non vi fossero rocce: una sorta di cascata orizzontale, ammesso che ne esistano. Inoltre l'incresparsi della sua superficie rifrangeva costantemente i raggi del sole, producendo un accecante scintillio. Mentre mi lasciavo avvolgere da quel luogo incantato pensavo che se anche quel fiume avesse potuto per un istante arrestarsi, forse pure io sarei stata in grado di prevedere dove ogni raggio di sole riflettendosi avrebbe concluso la sua corsa. Solo che purtroppo la realtà non era il mio pensiero; la realtà mi diceva che il fiume continuava a scorrere senza sosta, e nemmeno si sarebbe mai sognato d'arrestarsi, e neppure per un breve istante: e perché poi avrebbe dovuto farlo?

Ero lì che contemplavo tutte queste cose e che cercavo di ridare un minimo di decenza alle mie mani e gambe infangate, quando mi si arrestò l'occhio su della sporcizia che il corso dell'acqua aveva depositato nei pressi di un grosso tronco, sradicato da chissà quale ultima piena. Notai che vi erano dei pezzetti di foglio bruciacchiato, sia per proprio conto, come ancora raggruppati dalla rilegatura di qualche resto di libro. A prima vista pensai che forse non era altro che colpa d'internet se oggi la gente pensa ancora che sia giusto bruciare dei libri, e che almeno in quel caso nessuno aveva voluto emulare quei Nazisti che, ancor prima della guerra, avevano pensato di bruciarne una buona quantità per porre rimedio a ciò che ritenevano le degenerazioni della cultura. Stendiamo un velo pietoso su quelle eventuali degenerazioni, mi verrebbe da dire ora, ma mai su quelle dei Nazisti!

In ogni caso i frammenti, di qualsiasi genere siano, mi hanno sempre incuriosito. La loro casualità è sempre stata per me qualche cosa che ha a che fare con l'incomprensibile; qualche cosa che ha a che fare con il destino, per intenderci.

Almeno in quel caso però un legame col destino si dimostrò, e la casualità del mio trovarmi lì, tra i tanti posti in cui avrei potuto essere, dimostrava che il mio presentimento non m'aveva tradito!

Quei frammenti appartenevano tutti al medesimo libro. Erano tutti pezzetti bruciacchiati del *Così parlò Zarathustra* di Nietzsche.

Un linguaggio inconfondibile il suo. Un linguaggio profetico, che mai nessuno si sarebbe immaginato d'impiegare a rivoluzione industriale avvenuta, quando tutto ormai sembrava essere nelle mani occulte delle leggi economiche, nelle fauci perverse della borghesia capitalistica. Zarathustra: un uomo inattuale, un uomo per il futuro, un uomo al di là del bene e del male, un uomo che poteva nascere solo da una mente "malata", l'unico modo in cui questa può essere veramente originale ed offrire agli uomini una reale via di fuga dalla loro ossessione di sanità, dalla loro presunzione... di santità! Era questo quello che pensavo intimamente di quel libro.

Idee a parte quei frammenti furono una scoperta determinante. Di fatto la polizia scandagliando il corso del fiume li ritrovò un po' ovunque, e come nella fiaba di Pollicino, andando a ritroso, si riuscì a delineare tutto il percorso che avevano compiuto fin dalla loro partenza. Questa possedeva anche un nome: Boscomantico, "il teatro del crimine", si dimostrò. Difatti là delle tracce di sangue del Professore furono rinvenute su diversi ciottoli, e nemmeno molto distanti da dove i libri, nonostante qualcuno avesse cercato di dissimularne i resti, erano stati bruciati. Era lì che con molta probabilità era stato colpito mortalmente. Anche la sua auto del resto fu ritrovata in un parcheggio non molto lontano da quel luogo.

Quel giorno era stato per me, e per un breve attimo, che il fiume s'era arrestato. Per me e per Diego: Diego Pallanzi!

*

M'ero quasi dimenticata di richiamare Luisa, fu lei che lo fece invitandomi a bere un caffè. Mi disse che da circa otto anni era fidanzata con un ragazzo, e che, assieme a lui ed a un suo cugino, da lì a poco avevano in programma di partire per una vacanza in Grecia e Turchia. Inoltre siccome quando avevano prenotato i biglietti anche un'altra parente era del gruppo, ma che poi per motivi suoi aveva rinunciato, mi chiese s'ero interessata ad aggregarmi alla comitiva. Le domandai istintivamente se mi faceva quella proposta per trovare una compagna al cugino, ma lei sostenne che non dovevo preoccuparmi perché lui era gay, e poi aggiunse:

— Sei dispiaciuta?

— Affatto, perché dovrei? Risposi con un'espressione che non poteva lasciare dubbi.

— Sai il cugino di Lucio, così si chiamava il suo ragazzo, non è poi neanche male.

— E Lucio invece? Maliziai.

— Lucio è proprietà privata!

— In ogni caso guarda che ci sono molti omosessuali ai quali le donne non gli fanno per nulla schifo; una come me poi... aggiunsi compiaciuta e con quel tanto d'autoironia che serve se non si vuole prendersi troppo sul serio, rischiando perciò di divenire perfettamente quello che c'immaginiamo d'essere.

— No, non preoccuparti: lui è omosessuale sul serio!

— E cosa ti dice che non lo sia anch'io?

Luisa s'arresto.

— Ah: vorresti dirmi che sei... lesbica?

— Sì, in effetti è così che chiamano le donne *gay*. In ogni caso io non vorrei dirtelo; meglio, e a scanso d'equivoci: io non te l'ho detto!

— Inteso, tu non me l'hai detto!

Al ché dopo questo scambio di battute magari un po' futili ma indispensabili a far comprendere qualcosa senza troppo dirlo, aggiunsi:

— Guarda Luisa: ci devo pensare... e poi, dopo due secondi e mezzo ripresi: anzi, ci ho già pensato: vengo! Era un'occasione da non perdere, il biglietto dell'aereo non mi sarebbe costato nulla, e delle vacanze... me le meritavo! Ma dov'è che andiamo di preciso?

Lei mi spiegò che stava scrivendo una tesi sulle Amazzoni, e che per questo era interessata a visitare alcuni luoghi dove si ritiene che quelle donne leggendarie avessero vissuto. Io avevo sempre creduto che le Amazzoni fossero solo un mito, un po' come Atlantide per intenderci, e che non ci fossero stati dei riscontri concreti alla loro esistenza; invece Luisa sostenne che ultimamente si erano avute anche delle scoperte archeologiche

che confermavano la presenza, nell'antichità, di donne guerriere in Asia centrale, e che in ogni caso quasi tutti gli autori antichi ne avevano parlato, così come anche molti artisti le avevano ritratte nelle loro opere.

— Bene, esclamai, la vacanza si fa ancor più interessante!

Quando ne parlai a Marco non mi disse nulla, mi chiese solo:

— E quando partiresti?

— Dopodomani, e aggiunsi: ci sono novità sull'inchiesta?

— No, nessuna novità.

— E con Gesy?

— Nemmeno con lei: ti dispiace se l'invito qui durante la tua assenza?

Mi sorprese:

— Vuoi dire ad abitare? E dove la faresti dormire?

— Ammesso che accetti e che resti anche la notte: nel tuo letto?

— Nessun problema, ribadii: mentivo, ma era giusto, aveva tutto il diritto di chiedermelo! Io poi dalla sera della cena non avevo più avuto nemmeno il coraggio di chiamarla. No, in fondo io non ero innamorata di Gesy, Marco invece sì!

*

Il volo fino a Salonicco durò un paio d'ore. Sin dall'inizio ebbi l'impressione che Luisa e Lucio non erano fatti l'una per l'altro, inoltre il cugino non perdeva l'occasione per mettere zizzania. Me, nemmeno m'aveva considerata; fatte le presentazioni m'aveva solo accennato: "Piacere", senza articolare altro, mentre il cugino, una di quelle checche in tutto e per tutto, e su questo dovevo convenire completamente con Luisa, rimarcò semplicemente : "E così dobbiamo dividerci la camera anche con te!"

Stronzo, per di più!

Lucio aveva sempre il telefono in mano e raramente toglieva lo sguardo dal piccolo schermo.

— Ma cosa fa sempre con quell'arnese? Sussurrai a Luisa. Lei mi rispose che lavorava in una grossa banca e aveva l'incarico di monitorare i mercati.

— Anche in vacanze?

— No, ma credo voglia rimanere aggiornato.

— Su cosa?

— Questo a dire il vero non te lo so dire, in realtà non gliel'ho mai nemmeno chiesto.

— La sua risposta mi raggelò: era da otto anni che si conoscevano e non gli aveva mai chiesto cosa facesse sempre con quell'affare in mano.

— Ma non ti dà fastidio? Malignai.

— Moltissimo.

— E perché non gliel'hai mai chiesto?

— No, in effetti gliel'ho chiesto più volte, ma lui mi risponde sempre che è inutile che mi spieghi, tanto non capirei nulla.

— E a te va bene?

Accentuando la sua espressione rassegnata alzò le spalle e non aggiunse altro.

Questa cosa invece personalmente a me non andava bene affatto: per nulla m'andava bene! Sentivo che prima o poi con quei due ci avrei litigato, ma quando: m'era del tutto ignoto!

Iniziò così una sorta di guerra fredda, io dicevo solo l'indispensabile, Lucio nemmeno quello, mentre il cugino: solo idiozie! Quanto a Luisa... lei la dovevo salvare da quei due trogloditi!

Dopo aver preso un'auto a noleggio partimmo per Dodona, una località collinare situata a nord ovest della Grecia. Dodona era uno dei più antichi oracoli dell'antichità; Omero già la citava sia nell'Iliade che nell'Odissea. Nel primo poema la metteva in relazione ai Pelasgi, un antichissimo popolo che curiosamente possedeva anche un'affinità linguistica con gli Etruschi, mentre nel secondo la menzionava quando Ulisse vi giunse per interrogare il fruscio che il vento produceva sulle foglie della quercia, affinché gli potesse rivelare in che modo avrebbe dovuto tornare ad Itaca: "Palesemente o dissimulandosi?" Sappiamo che la scelta sarà la più astuta, in fondo era sempre lui l'inventore del cavallo di Troia!

Luisa aggiunse che oltre al fruscio delle foglie della quercia, anche altri eventi venivano interpretati in quel santuario; ad esempio il canto e il volo delle colombe, oppure il tintinnio di alcuni paioli di bronzo che, posti su dei treppiedi, erano anche l'unica opera innalzata dall'uomo per delimitare la sacralità del luogo.

Mentre lei mi spiegava tutte queste cose, il cugino non si perdeva nemmeno il più esiguo raggio di sole. La sua abbronzatura sembrava l'unica cosa degna d'interesse, ed era terrorizzato dall'eventualità che quell'artificiale fatta sul lettino prima di partire, per un qualche e incomprensibile gioco del destino, gli venisse meno. Non smetteva di chiederci a che livello d'abbrustolimento si trovasse: "Più o meno di prima?" Per quanto riguarda Lucio invece la sua attività principale era imprecare e cambiare in continuazione le *SIM card* dell'apparecchio telefonico, per tentare di trovare "campo", in quella zona piuttosto disservita. Il telefono satellitare avrebbe potuto essere la soluzione, ma lui non ci aveva pensato.

Io invece interrogai più volte la quercia, perché un albero di quel genere là dimorava ancora, principalmente per sapere in che modo avrei potuto liberare Luisa da quei due abbruttiti: "Rapirla oppure eliminarli entrambi?" Purtroppo non fui aiutata nemmeno da un filo di vento, e la quercia rimase zitta. Di certo bisogna pure dire che nemmeno la mia domanda doveva essere delle più azzeccate!

Dopo queste affabulazioni con me stessa, domandai alla mia compagna di viaggio perché avessero posto in un luogo così sperduto un santuario di quell'importanza. Lei sostenne che Erodoto riportava due versioni piuttosto simili: la prima che due sacerdotesse del santuario egiziano di Tebe, dopo essere state rapite dai Fenici, furono condotte e vendute una in Libia e la seconda proprio lì, a Dodona. L'altra versione invece, un po' più mitologica, raccontava che due colombe nere s'erano involate da Tebe. Una andò anche lei in Libia, e questa lasciamola là che non c'interessa, mentre l'altra posatasi su una quercia e parlando con voce umana, proferì che in quel luogo era necessario stabilire un oracolo di Zeus. Quel luogo era appunto Dodona. Inoltre Erodoto aggiunse che fu per quel motivo che i Dodoniani chiamarono tutte le donne colombe, in quanto il loro modo di parlare assomigliava molto al canto di quegli uccelli.

— Ma per le donne era da ritenersi un vanto o un'offesa? Chiesi a Luisa.

— A noi non è che c'interessi molto cosa pensasse Erodoto, sostenne allora lei con l'aria di chi sa il fatto suo, in ogni caso la voce delle donne è sempre molto più bella e densa di sentimento di quella degli uomini!

— Pienamente d'accordo: e come avrei potuto non esserlo!

Lucio finalmente aveva ritrovato campo, era decisamente più contento, Andrea invece appariva in preda all'estasi: s'era ulteriormente ustionato la faccia! Io e Luisa invece eravamo solo un po' più eccitate: qualcosa si stava riversando reciprocamente tra di noi; la mia impressione: che fosse anche qualcosa di vero!

*

La sera al telefono Marco m'accennò che Gesy aveva accettato. Si era concessa un periodo sabbatico, per così dire. Brava. Marco era al settimo od ottavo cielo. Non ricordo bene quanti nella Divina Commedia fossero quelli per giungere al cospetto di Dio. Non l'avevo mai sentito così felice, almeno ultimamente. Gli raccontai un po' delle mie vicissitudini; lui mi disse di non perdermi d'animo e continuare sulla mia strada. Al ché gli domandai:

— E quale sarebbe?

E lui:

— Lo sai bene.

Rimasi sbigottita: che cosa aveva capito lui di me che io non conoscevo ancora? Era meglio cambiar discorso, prima che mi sorprendesse ancora:

— E Pallanzi?

— Pallanzi cosa?

— Novità?

— Vediamo: ti ricordi dei due arabi della lezione? Li abbiamo cercati e ciò che siamo riusciti a sapere è che al momento dell'omicidio non erano più in Italia. Invece per quanto riguarda l'altro signore, quello che aveva inveito contro il profe al film d'Averroè, una ragazza presente alla serata ci ha riferito che per lei non era una faccia nuova, ma purtroppo non si ricorda più dove l'avrebbe visto.

Io invece raccontai a Marco della quercia di Dodona, e che non m'aveva detto nulla. Sapendo che la nostra prossima tappa era Delfi, lo spiritoso aggiunse:

— Forse avrai più fortuna con quello di oracolo. Allora contraccambiai l'umorismo ricordandogli che la Pizia, sacerdotessa di quel luogo, era da un po' di tempo, parecchi secoli s'intende, che aveva smesso di vaticinare da quelle parti.

— Abbi fiducia, continuò il bellimbusto, se quello è proprio il centro del mondo come sostenevano gli antichi, vedrai che qualcosa udirai ancora.

— Se lo dici tu. Dopodiché gli raccontai che stavo leggendo nuovamente il *Così parlò Zarathustra*, e che dopo l'esperienza della quercia di Dodona, m'ero imbattuta in un capitolo che m'aveva fatto riflettere, principalmente sul destino tragico di Pallanzi:

— L'ho in borsa, vuoi che te lo legga?

— Tanto per quello che ho da fare questa sera...

— Ok, allora ti racconto: Zarathustra in questo capitolo sta parlando con un giovane, gli sta impartendo uno dei suoi insegnamenti, e così gli si rivolge: "Vedi quest'albero, è cresciuto solitario sulla montagna, e da lì ha potuto sorpassare crescendo uomini e bestie, e se ora volesse parlare, nessuno lo comprenderebbe più, tanto è divenuto grande. Da allora egli attende, attende incessantemente: ma attende cosa? Senza dubbio dimorò troppo vicino alle nuvole, ed è per questo che egli non può che attendere il prossimo saettare improvviso del fulmine".

— Sì, esclamò Marco, c'è qualcosa di Pallanzi in questo brano, e del suo tragico destino, anche se mi pare che ci sia più il destino di Nietzsche.

— E perché?

— Nietzsche è stato ammutolito dalla pazzia, Pallanzi invece è stato ucciso da un altro uomo. Una casualità diversa li ha segnati, una causa la cui natura è essenzialmente diversa.

— E con ciò, non comprendo cosa vuoi dire.

— Il destino di Nietzsche è stato segnato da qualche cosa che ha più a che fare con l'incomprensibile, il divino, con il bagliore inaspettato del fulmine, mentre per Pallanzi sono state solo due pallottole ad ucciderlo.

— Vorresti dire che il motivo è diverso?

— Esatto.

— Anche la responsabilità allora lo è.

— Proprio così. Per Nietzsche non ci sarebbe stato nulla da fare, mentre per Pallanzi...

— Ti sei incastrato Marco!

— Perché?

— Sai bene che neppure per lui ci sarebbe stato qualcosa da fare: il destino, qualsiasi sia la mano con cui agisce, non cambia più!

— Ora però sei tu che mi devi delle spiegazioni: vorresti dire che l'uomo non può essere padrone di se stesso?

— Non intendo questo, volevo solo dire che ogni qual volta un certo qualcosa si compie, ossia ogni volta che questo qualcosa ha trascorso il suo tempo divenendo appunto destino, questo non può più cambiare. Nietzsche è morto, così come Pallanzi, niente cambierà ciò che è stata la loro vita, il loro destino appunto, niente, nemmeno trovare un colpevole o la causa della loro morte.

— Certo, non c'è dubbio, né per Nietzsche né per Pallanzi ora si potrebbe fare qualcosa.

— Vedi che sei d'accordo con me.

— Sì, anche se non dobbiamo dimenticare che però per noi c'è ancora qualcosa da fare; noi non siamo ancora morti, pertanto possiamo ancora impegnarci a fare in modo che in futuro non succedano più cose simili.

— Se è vero che la storia è in grado d'insegnarci qualcosa, allora hai ragione fratellino.

— E se non è vero?

— E se non è vero in ogni caso dobbiamo comunque crederlo che la storia c'insegni qualcosa!

— Proprio così sorellina.

— Dai un bacio da parte mia a Gesy allora.

— Lo sai che non si chiama Gesy.

— Tu daglielo ugualmente.

— Ok.

— Merci.

Quella sera il cugino Andrea mi s'avvinghiò alle gambe come un gatto che fa le fusa, miagolandomi all'orecchio che potevo anche chiamarlo Michael, come facevano tutti i suoi amici. Al che gli espressi l'opinione che m'andava benissimo continuare a chiamarlo Andrea. Il poveretto non afferrò la mia sottigliezza semantica, che poi non era nemmeno tanto tenue: io non aspiravo alla sua amicizia! Difatti, senza che ne comprendessi affatto il motivo, mi chiese se volevo avere un incontro molto ravvicinato con lui quella sera. Valli a capire certi omosessuali. Gli assicurai che ero ancora vergine e che per questo motivo stavo ancora attendendo il principe azzurro. Nemmeno questo capì perché continuò:

— Ma posso essere io il tuo principe azzurro.

Allora divenni più esplicita:

— Devi però attendere la mia prossima visita dall'oculista, perché quello che vedo ora, e con le buone lenti che mi ritrovo ancora, non è nemmeno un rospo!

Questa volta comprese perfettamente, perché decise di tornare ad infastidire Luisa e Lucio.

*

Giunti a Delfi il solito e sedicente Michael fu pervaso da un'eccitazione culturale inattesa; difatti tutti credevamo che il suo mondo finisse col calare delle luci abbronzanti: invece no! Fu alla vista degli iperborei che un nuovo bagliore gli si sprigionò dagli occhi. Questi, rappresentati in genere come ometti di terracotta con dei falli decisamente enormi, lo convertirono immediatamente ad un lungimirante e spregiudicato collezionismo. Non si perdeva nemmeno uno di quei negozietti dove questi personaggi insoliti venivano esposti prendendo le sembianze più estrose: brocca, lanterna, calice, o quant'altro d'apparentemente utile o inutile che fosse, senza nemmeno disdire le più aggiornate ed ardite interpretazioni contemporanee: tappetino da *mause*, porta occhiali, accendi sigari, bottiglia di liquore... Fu per Michael un vero e proprio colpo di fulmine, tant'è che decidemmo di lasciarlo in quella presunta grotta d'Alì Babà, tra vasellami pseudo-antichi e *gadgets hi-tech* iperinnovativi, per raggiungere da soli e senza la sua illuminata presenza, il sito archeologico del santuario. Non eravamo però ancora all'ingresso che ahimè: Lucio s'accorse che il suo cellulare iniziava a perdere campo, oddio! Che fare? Luisa ebbe un lampo di genio:

— Ti converrebbe tornare un po' indietro, magari potresti aspettarci a quel bar che abbiamo appena passato.

A Lucio sembrò un'ottima idea.

Non solo a lui!

E poi aggiunse:

— Ma non è che dopo mi rinfacci di non essere venuto?

Io guardai Luisa e le feci cenno con la testa: Nooo!!! E lei ripeté:

— No, non ti preoccupare, capisco che per te ora è più importante non perdere campo.

Perfetto Luisa, che fortuna, ci siamo liberate d'entrambi, pensai, senza azzardarmi a dirglielo. Invece le feci solamente:

— Che peccato!

Allora lei mi sorrise e aggiunse:

— In fondo non possiamo tutti avere gli stessi interessi: non ti pare?

È vero, ma allora perché si sta assieme? Anche questo non glielo dissi, ed esclamai solamente:

— Verissimo!

Capivo che i tempi non erano ancora maturi per le "verità supreme", quelle che la mia cara Luisa avrebbe prima o poi dovuto ascoltare, smettendo di far finta che tutto andasse per il verso migliore.

Giunte all'ingresso mi venne il dubbio:

— Ma Luisa... è qui che c'era la famosa frase "conosci te stesso", divenuta poi anche il motto prediletto da Socrate?

— Sì, proprio qui, era scolpita all'ingresso del santuario su un architrave.

— Ed era sempre presso quest'oracolo che alla richiesta di conoscere chi fosse il più sapiente tra i Greci fu dato come responso il suo nome?

— Certo, e ti ricordi quando lo seppe cosa disse?

— Come non ricordarselo, in quella frase c'era tutta la sua arguzia, aveva detto: "Ma come potrei essere io il più sapiente quando quello che so è semplicemente di non sapere nulla."

— E poi aggiunse...

— "Allora probabilmente l'oracolo vuol dire che il più sapiente è proprio colui che sa di non sapere."

— Era proprio un furbacchione quel Socrate.

— Senza dubbio, così com'era talmente consapevole d'ignorare la maggior parte delle cose, che proprio per questo era anche divenuto il più sapiente tra i Greci.

— Ignorante sì, ma senza alcun dubbio saggio!

— Certo, difatti se sapessimo tutto quello che si potrebbe sapere, probabilmente di quel sapere ne resteremmo anche vittime.

— Con ciò Luisa sostieni che l'uomo in ogni caso dovrebbe sempre rimanere un po' ignorante, per poter continuare a vivere?

— Proprio così. L'uomo non può che rimanere nel percorso della ricerca, se vuol rimanere uomo, deve continuare a sentire che gli manca qualcosa, per continuare ad essere curioso. Credo che sia questo il senso del "conosci te stesso". Non che tu debba conoscerti realmente fino in fondo, ma che tu debba sempre desiderarlo, di conoscerti, questo sì.

— In effetti anch'io mi sono sempre chiesta che senso avesse quella frase.

— Perché non ti era chiara?

— Se ci pensi bene non è così chiara come sembrerebbe a prima vista.

— Cosa intendi?

— Con l'imperativo "conosci te stesso": chi si dovrebbe veramente conoscere?

— Te stessa!

— Prego: chi di preciso?

— Dai Luisa spiegati.

— Te, o te stessa? Dovresti conoscere te, o la stessa cosa di te?

— Vuoi dire che non si capisce bene chi dei due si debba conoscere?

— No, non voglio dire questo, voglio dire che quella frase ci offre qualcosa d'irraggiungibile, enuncia per se stessa un paradosso, in quanto nessuno possiede un sé uguale a sé, in altre parole: nessuno può possedere la capacità di conoscere qualcuno che è uguale a sé; quella capacità che gli permetterebbe appunto di conoscere il famoso se stesso! Quella frase ha solo il valore d'incitare alla conoscenza, perché in se stessa quella conoscenza non potrà mai realizzarsi. Credo piuttosto che andrebbe interpretata in un modo simile a questo: tu devi conoscerti, ma sappi che non potrai mai farlo, ossia non potrai mai dire d'esserti conosciuto fino in fondo, ed è per questo che devi continuare a cercare quello che sei.

— D'accordo, ma l'espressione "se stesso" a mio avviso non ha il compito d'unire due termini che producono un paradosso, ma solo quello d'offrirci l'idea che quel "sé" è da considerare in modo assoluto: non relativo a qualcosa d'altro.

— Ma è la stessa cosa.

— No, non è la stessa cosa Luisa!

— E dov'è possibile vedere qualche cosa d'assoluto? L'assoluto non è altro che un nostro modo di considerare ciò che vediamo, percepiamo ecc. L'esperienza dell'assoluto non la facciamo mai nella realtà; esso esiste solo nella nostra testa. Un prato si staglia su una collina, sotto un cielo; un gatto rincorre un topo in una cantina; un fuoco brucia della legna in un focolare: non esiste mai nell'esperienza un fuoco, un gatto, un prato, senza il contesto dove vive e avviene. L'assoluto non esiste, quindi come sarebbe possibile conoscerlo? Io esisto qui, in questo momento con te, in mezzo a questo santuario, sotto questo cielo: questa sono io, non una me stessa senza di te e senza queste altre cose... afferri?

— Sì afferro, interessante, ora afferro. Ma andiamo su al tempio, almeno verso quello che rimane, prima che chiuda.

*

Sulla prima scalinata però sentii subito un rumore funesto: *crack*! Era il mio tacco che se ne andava. Per fortuna Luisa m'era accanto, altrimenti avrei potuto cadere su quelle pietre, antiche e piene di storia, ma in ogni caso sempre insidiose. Mi aggrappai alla sua spalla, e in un certo senso in quel caso fu lei a salvarmi. Senza tacco fui perciò costretta ad aggirarmi per il santuario a piedi nudi, evitando meticolosamente i sassolini appuntiti, le pietre monumentali troppo assolate, e facendo attenzione a qualsiasi cosa avrebbe potuto danneggiare i miei teneri piedini, poco avvezzi alle avversità rurali. Ed è proprio quando ci viene a mancare qualcosa che si comprende la sua effettiva funzione. Senza scarpe difatti tutto m'era proprio molto più complesso!

— E per fortuna che non ci sono più i fumi che esalano dalle viscere della terra, mi disse allora Luisa, altrimenti il nostro percorso sarebbe divenuto ancora più impervio.

— Quali fumi?

— Quelli che in questi luoghi alcuni pastori avevano incontrato. Si dice che inalandoli venissero assaliti da una voglia irresistibile d'elargire profezie. I fumi possedevano certamente delle proprietà mantiche.

— E perché poi sono spariti?

— Questo non te lo so dire, molto probabilmente a causa dei mutamenti geologici avvenuti nel corso dei tempi. Alcuni scienziati analizzando dei prelievi di rocce hanno però trovato delle tracce d'idrocarburi gassosi, provenienti quasi certamente dagli strati profondi della terra; in pratica i fumi dovevano realmente esserci al tempo in cui il santuario esercitava ancora la sua funzione.

— Era un'attività di tipo vulcanico?

— No, non proprio, qualcosa di simile però.

— E poi...

— E poi qui è divenuto uno degli oracoli più importanti dell'antichità.

— E come funzionava: ho sentito che non erano dei pastori a vaticinare, ma una sacerdotessa dal nome Pizia, se non mi sbaglio.

— No, non ti sbagli. In alcuni periodi ve n'erano persino tre di Pizie, nei momenti di maggior successo del santuario. Inizialmente le Pizie erano giovani ragazze figlie di contadini che dovevano votarsi al nubilato; erano destinate per tutta la loro vita alla funzione profetica. Poi dopo un caso in cui fu trasgredita la regola di castità, le Pizie vennero scelte tra le donne più mature.

— Meno male.

— Anche perché le famose esalazioni che inducevano a profetizzare, potevano anche uccidere coloro che le inalavano.

— Era un mestiere pericoloso allora?

— Sì, molto. Meno lo era invece per i sacerdoti, i quali avevano solo l'incarico d'interpretare i deliri delle donne, fornendo ai loro responsi una certa comprensibilità. Questi in pratica venivano consegnati ai richiedenti in forma poetica. I sacerdoti poi, a diversità delle Pizie, non erano scelti tra i contadini, ma tra gli aristocratici di Delfi.

— Guarda caso...

— Questo perché il santuario non serviva solo alla gente comune come avveniva a Dodona, ma soprattutto alle persone con incarichi di governo, ambasciatori, generali che chiedevano all'oracolo d'intraprendere o meno una guerra, impiantare o meno una colonia, e altre cose del genere.

— Aveva dunque una funzione più politica.

— Proprio così. Quegli edifici a forma di sacello che vedi laggiù invece erano i tesori delle varie *polis*. Una sorta di voto delle città stato al santuario, nei quali venivano conservate opere d'arte, materiali preziosi, e altre cose di valore.

— Ma perché le sacerdotesse si chiamavano Pizie, le chiesi allora; difatti era più la storia di quelle donne sfortunatamente "estinte" ad incuriosirmi, che quella dei soliti potenti che non smettono mai di riprodursi.

— La storia è un po' lunga, mi disse.

— Potremmo sederci sotto quella pianta...

— Allora vuoi proprio che te la racconti?

— Sì, però prima mi devi dire un'altra cosa.

— Quale?

— Perché prima siamo state a Dodona ed ora ci troviamo qui a Delfi, t'interessano solo gli oracoli in Grecia?

— No, non solo quelli, ma in particolar modo.

— E perché, se non sono indiscreta.

— Come spiegartelo... ok, mettiamola così: io stavo facendo la mia tesi con il professor Pallanzi...

— Sì, questo lo sappiamo.

— Ciò che non sai però è che io non avevo capito granché del suo metodo d'esegesi archeologica della filosofia. A dirtela tutta mi sembrava una cosa un po' strampalata!

— E a chi lo dici!

— Così un bel giorno ho trovato il coraggio di dirglielo.

— Davvero? Non ci credo!

— Credici.

— E lui cosa ti ha risposto?

— Prova ad immaginarlo!

— Come faccio ad immaginarlo.

— Pensaci!

— Diciamo che ci ho pensato, solo che non mi viene nulla: ti ha mandato al diavolo?

— No, non è stato così brutale. Prima tu mi hai detto perché siamo state a Dodona ed ora ci troviamo a Delfi.

— Vorresti dirmi che te l'aveva chiesto lui di venirci?

— Bingo!

— Incredibile! E perché?

— Questo non me l'ha detto.

— Chiaro: dovevi venirci, non era una cosa che si poteva dire.

— Esatto.

— E ora cosa hai capito?

— Non molto, o meglio, qualcosa forse.

— Tipo?

— Mi sembra che come nel metodo di Pallanzi la verità che un oracolo può esprimere, non ha nulla a che vedere con la scienza, almeno nel senso in cui oggi la consideriamo.

— Pienamente d'accordo, su questo non ci sono dubbi, altrimenti il santuario sarebbe ancora in funzione, del resto oggi nessun ingegnere si sognerebbe di consultare un oracolo prima di costruire un ponte, ma allora che tipo di verità sarebbe questa dell'oracolo?

— Aspetta, non correre. Tieni presente che per Pallanzi la verità si rivela sempre in un determinato luogo, non la si può comprendere da qualsiasi parte. La verità nel suo metodo non è mai universale, ma sempre legata ad uno spazio preciso. Allo stesso modo l'oracolo non parlava da qualsiasi parte, ma si doveva venire qui, ed era solo in questo posto specifico che poteva emergere qualche cosa d'importante per colui che era alla ricerca di una risposta.

— E poi cos'altro avresti capito?

— E poi basta.

— E questo è tutto quello che hai capito?

— A me sembra già qualcosa, non ti pare?

— Sì, diciamo così.

— Non mi sembri molto convinta.

— Hai ragione, scusami. Solo che a volte vorrei avere subito tutte le risposte, e mi dimentico che la verità è solo ciò che dà senso alle cose, non quello che gli appartiene; che è dunque più una ricerca che non una vera e propria risposta, dato che è tramite l'esperienza che si può dire se una cosa è vera o meno, non nel suo dato di fatto, in quello esiste solo o meno, c'è o non c'è solamente.

— Sì, è proprio quello che credo anch'io. Allora cosa dici: continuiamo a cercare? Continuiamo a coltivare la nostra esperienza? Sarà probabilmente lei che ci permetterà di dire o meno la verità di qualcosa.

— Sì Luisa, io credo che potremmo continuare a cercare.

— Ok, vuoi ancora sapere perché quelle sacerdotesse si chiamavano Pizia?

— Certo!

Luisa mi diede allora due baci sulla guancia: arrossii come un'adolescente. Ero al settimo od ottavo cielo, devo proprio rileggermi il *Paradiso* di Dante per avere la certezza di dove effettivamente mi trovassi in quel momento.

— E allora questa Pizia?

— Sei pronta per l'immersione..? Bene, allora possiamo passare ai miti. Devi sapere che qui la prima proprietaria del luogo era Gea, la Terra. Difatti nella genealogia delle divinità greche è lei, assieme a suo marito Urano, la capostipite; ancora prima dei Titani e degli dei olimpici. La dea aveva un figlio, ne aveva anche altri, ma quello che c'interessa è Pitone, il guardiano di questo luogo. Il nome Pizia, che veniva anche soprannominata Pitonessa, deriva appunto da quello di questo figlio di Gea.

— Tutta qua la lunga storia.

— In effetti non era proprio così lunga. Però a questo punto magari vorrai anche sapere perché qui si chiama Delfi?

— Sì, a questo punto sì!

— E allora vedrai che la storia si allunga un po'. Prima di tutto devi considerare che a Delfi non si venerava Gea, ma Apollo. Il tempio era dedicato a lui; era Apollo il signore del luogo.

— Ma prima non mi hai detto che era Gea la proprietaria?

— Infatti, ma questo solo all'inizio, perché poi sono successe alcune cose. Il nostro caro e vecchio Zeus, che i romani chiamavano Giove, aveva avuto una relazione extraconiugale con Leto. Questa non prendendo i dovuti accorgimenti, ammesso che al tempo esistessero, era rimasta incinta. Era, moglie di Zeus, era, scusa il gioco di parole, venuta a conoscenza del misfatto del marito, ma piuttosto che prendersela con lui, come sarebbe stato anche più logico e soprattutto più giusto, se la prese con la povera Leto. Le lanciò perciò una sorta di maledizione, la quale non le avrebbe permesso di partorire né sul continente né su un'isola. La poveretta ci rimase veramente male, tuttavia non sì rassegnò, e si mise alla ricerca di un luogo che non assomigliasse a quelli che le erano stati vietati. Un bel problema non ti pare?

— Irrisolvibile forse.

— Ma lei come ti ho detto non si scoraggiò, e continuò a cercarlo. Vaga e vaga le capitò di passare di qua, dove però dovette far fronte alle attenzioni insistenti del signor Pitone, il quale pare non fosse per nulla un *gentleman*. Alla fine riuscì a sfuggirgli, e grazie all'aiuto di Nettuno, dio dei mari e fratello di Zeus, finì per partorire su un'isola che stava ancora nascendo, e che proprio per questo motivo galleggiava ancora. In quel luogo, che non era ancora né una vera e propria isola come nemmeno terra ferma, Leto riuscì a sfuggire alla maledizione di Era dando alla luce due bellissimi gemelli. Il primo una femmina che si chiamerà Artemide, e poi grazie anche all'aiuto di questa prima figlia, in una notte di plenilunio, nacque Apollo. Passarono alcuni anni, dopodiché giunto all'età della ragione questo secondo figlio venne a sapere delle molestie che sua madre aveva dovuto subire da parte di Pitone, quando sia lui che Artemide si trovavano ancora nel suo ventre. Senza pensarci un attimo si precipitò qui e accecato dalla collera lo uccise. Fu così che si affermò il passaggio di proprietà dell'oracolo, così come anche della sua simbologia, rappresentata appunto dal venir meno delle forze ctonie ed oscure di Gea e Pitone a favore di quelle lucenti e radiose d'Apollo.

— Questa però era veramente lunga di storia.

— Ma non è ancora finita: Gea a questo punto s'incavolò come una iena, devi capire che in fondo Pitone era sempre suo figlio, e siccome tutto sommato era anche sempre una dea di un certo rispetto, seppur gli acciacchi del tempo si facessero sentire, condannò Apollo a sette anni di lavori forzati nel settore della pastorizia, che come puoi ben immaginare era allora anche l'attività più diffusa. Per scontare la sua pena Apollo fu assegnato alle dipendenze di un re, del quale non ricordo il nome, che però lo tratterà con tutto il rispetto e l'attenzione dovuta ad una grande divinità, quale appunto Apollo era. Conclusa la sua condanna e non avendo trovato un'imbarcazione degna del suo rango, questi decise di tramutarsi in delfino e di tornare con mezzi propri a?

— Delfi!

— Brava.

— Ne avevano però di fantasia questi greci.

— Difatti se ci pensi bene era anche l'unico modo per offrire dei significati alle cose.

— Come tutt'oggi, ribadii.

— Sì, solo che oggi noi non siamo più capaci di credere al potere della nostra immaginazione. Siamo troppo "cresciuti", tra virgolette, e chissà se lo siamo davvero o se piuttosto non sia avvenuto il contrario. Chi del resto oggi avrebbe il coraggio di pensare che la verità può nascere anche semplicemente dalla bocca di un poeta?

— Pensiamo che quella espressa da un poeta sia solo frutto della sua immaginazione, e che dunque non possa servirci molto per comprendere la realtà. La nostra realtà invece sembrerebbe essere solo l'esatto contrario della fantasia; personalmente però credo che questa realtà senza fantasia sia troppo perfetta per essere anche vera, non ti pare?

— Come no, difatti poi non si sa bene perché ma tutte le volte che qualcuno ci presenta la cosiddetta realtà, dobbiamo chiederci: ma sarà vero quello che ci dice: dovrò crederci?

— Hai ragione Luisa, ma... quel tizio là in fondo non ti sembra Andrea?

— Quale?

— Quello là dietro quel signore col cappellino bianco.

— Sì sì, mi sembra proprio lui.

— Cosa dici: scappiamo?

— Troppo tardi, ci ha visto.

— Ehi siamo qua, dovette allora urlargli Luisa, segnalandosi timidamente con le braccia. Raggiuntoci con tutti i suoi pacchetti e pacchettini, e con l'affanno di una befana che sembrava appena scesa dal camino, non mancò di dimostrarsi come al solito scortese, e con disapprovazione mi domandò:

— Ma cosa fai a piedi nudi?

Ed io senza permettergli d'aggiungere altro incalzai:

— Pizio.

— Cosa?

— Lasciamo perdere.

Luisa impietosita si propose d'aiutarlo, cosicché anch'io non potei sottrarmi, e alleggeritolo della sua mercanzia c'incamminammo verso il museo. Lucio invece non l'aveva incontrato, altrimenti anche lui si sarebbe volentieri fermato al bar. Poi però quando seppe che nel museo c'era una pietra scolpita dal nome *Omphalos*, fu ipercontento di trovarsi con noi.

— Admeto, era Admeto il nome del re, ribadì a quel punto Luisa.

— Quale re? Si stupì Andrea.

— Il re a cui Apollo aveva prestato i suoi servizi per sette anni.

— Non capisco.

— Non preoccuparti, è una storia tra di noi aggiunsi.

— Ah beh, una cosa tra donne.

— Geloso? Ribattei.

— Di chi, d'Admeto?

— No, d'Apollo risposi.

— Ah, Apollo, Apollo... il dio della luce e della bellezza, chissà come doveva essere abbronzato! È un peccato che le statue di marmo lo mostrino sempre così pallido. Vi lascio immaginare da che bocca giungesse questa sorprendente trovata!

Per fortuna durante il percorso al museo Luisa riuscì a fargli comprendere che l'*Omphalos* che là si conservava non aveva nulla di fallico. Per paura d'annoiarsi Andrea rinunciò dunque alla visita, decidendo di tornare piuttosto verso il bar a cercare Lucio.

— Ma l'*Omphalos* cos'era realmente? Chiesi allora alla mia amica.

Lei mi spiegò che appariva come una grossa pietra a forma di panettone, sulla cui superficie erano scolpite delle forme piuttosto insolite, alludenti probabilmente a dei festoni di tela o qualcosa del genere. Mi spiegò inoltre che l'*Omphalos* serviva a designare il centro della terra.

— Come? Le chiesi, e perché proprio quella pietra?

— Devi sapere che oltre alla storia che ti ho raccontato prima ve n'è anche un'altra riguardante Zeus.

— Ah, difatti prima non m'era parso d'aver sentito nulla che avesse a che fare con l'*Omphalos*.

— Il racconto mitologico narra che Crono avendo saputo che avrebbe perso il potere per mano di un figlio, ordinò alla moglie Rea di consegnargli, affinché li potesse fagocitare, tutti i nuovo nati. Rea dapprima si sottomise al volere del marito, ma quando nacque Zeus, che era il sesto, inorridita per la crudeltà del marito architettò d'offrirgli al suo posto una pietra rivestita da alcune fasce. Lui stolto com'era e senza accorgersi l'inghiottì immediatamente.

— Ed era l'*Omphalos* che aveva inghiottito?

— Sì, proprio quello, o meglio, quello che Crono pensava fosse suo figlio.

— E poi perché quella pietra finì a Delfi?

— Perché la storia non è ancora finita.

— Scusa se ti ho interrotto.

— Figurati, non siamo mica a lezione.

— Ci mancherebbe.

— Allora dov'ero rimasta... ah ecco: Zeus sottraendosi al padre sanguinario poté dunque crescere fino al momento in cui riuscì a mettere in atto la profezia. Aiutato da sua madre sconfisse dunque Crono e l'obbligò ad espellere tutti i figli che aveva ingurgitato, pietra compresa. Saranno perciò Zeus e i suoi fratelli che andando ad abitare sull'Olimpo instaureranno il nuovo ordine divino sulla terra.

— Ma non mi hai ancora detto perché questa famosa pietra si trovi a Delfi?

— Hai ragione; devi sapere che Zeus era comunque un dio molto più creativo di suo padre, ed anche molto meno violento, così come pure molto più attento alle esigenze degli uomini. Zeus era consapevole che a questi servivano dei riferimenti concreti, ossia dei luoghi dove potersi mettere in relazione con gli dei, per chiedere il loro aiuto, fargli delle offerte, dei luoghi dove appunto potessero credere che verità e giustizia esistessero davvero, sentendosi quindi meno soli e indifesi al mondo. Ed era un luogo così che serviva agli uomini per mettersi in relazione al divino, il quale non rappresenta altro che la parte più preziosa d'ognuno di noi: quella sacra appunto.

— Non mi vorrai dire che Zeus ha pensato tutto quello che mi hai appena raccontato, le feci allora senza mascherare la mia perplessità.

— No, assolutamente no, questo è quello che ti ho aggiunto io. Noi non lo sappiamo cosa Zeus pensasse, lo possiamo solo immaginare. Quello che sappiamo è ciò che ha fatto, ossia quello che con i loro miti i poeti ci hanno raccontato, e quello che ci hanno raccontato è che Zeus prese due aquile, una la lasciò andare ad Occidente, e l'altra ad Oriente. Successe che questi due volatili si ricongiungessero proprio qui, ed è proprio in questo luogo che Zeus decise di lasciar cadere la famosa pietra: l'*Omphalos*, il cui significato è ombelico, e qui divenne perciò il centro della terra, ossia l'ombelico del mondo.

— Bella storia!

— Vero.

— Solo che chi potrebbe ormai credere che il centro della terra si trovi proprio qui a Delfi?

— Nessuno.

— Ma per noi Luisa dove si trova il centro della terra?

— Lo sai bene dov'è!

— No, non lo so.

— Se tu dovessi spiegarlo ad un bambino che te lo chiedesse, cosa gli diresti?

— Gli direi che si trova sotto terra.

— Ma dove di preciso?

— Nelle viscere.

— E se ti chiedesse: possiamo andare a vederlo il centro della terra, tu cosa gli risponderesti?

— Gli racconterei che non è possibile perché bisognerebbe scavare tanto e tanto, che nessuno oggi può farlo.

— E saresti convinta?

— Certo che lo sarei: ma dove vuoi arrivare?

— Voglio solo dirti che il nostro centro della terra non è che un punto geometrico, ossia il centro di un qualche cosa che definiamo come sfera terrestre: la nostra terra appunto. Quello che voglio dirti è che siamo stati noi e non i chilometri di terra che dovremmo scavare a precluderci il centro della terra, siamo stati noi a stabilire che non possiamo raggiungerlo. Quello che abbiamo creato è un mondo dove non possiamo più raggiungere il suo centro; o meglio, di centri ne abbiamo molti, moltissimi: centri di potere, di comando, economici, centri commerciali, centrali elettriche...

— Hai dimenticato i centrini del tavolo.

— Sì, pure io c'entro e tu non c'entri.

— Hai ragione Luisa: ridiamoci un po' sopra che è meglio.

— Sì, ridiamoci sopra; in ogni caso un centro dove possa accadere qualcosa di vero, noi oggi non l'abbiamo più. Oggi ogni cosa è relativa, di conseguenza tutto, o anche solo qualcosa che abbia le sue sembianze, ci è inaccessibile.

— Credo che hai ragione, lo credevo davvero. Tempo fa ad esempio ho letto su un libricino, sai di quelli che nonostante siano molto piccoli hanno sempre una risposta per tutto.

— I miei preferiti, e rise.

Aveva proprio un bel sorriso Luisa, era difficile non essere felici con lei, e continuai:

— Per fartela breve alla questione del dove sia situato l'uomo nei confronti dell'Universo veniva avanzata questa teoria: siccome l'Universo possiede una grandezza di tanti milioni d'anni luce, la proporzione tra questa grandezza e quella dell'uomo è inversamente molto simile a quella che vi è tra l'uomo e la parte più piccola che abbiamo individuato. In pratica il rapporto tra la cosa più grande e l'uomo è la medesima che tra l'uomo e la cosa più piccola. Di conseguenza, secondo l'autore del libricino, l'uomo sarebbe a metà strada tra l'infinitesimamente piccolo e l'infinitesimamente grande, ossia praticamente al centro di tutto. Io una cosa così la trovo semplicemente idiota, o meglio: scientificamente idiota!

— Vedi che questo ragionamento non è poi tanto diverso da quello che situa il centro della terra nelle sue viscere?

— È vero Luisa, è la medesima logica.

— In effetti il nostro mondo accredita un'enorme fiducia alla presunta imparzialità dei numeri, mentre questi in effetti non è che sono così imparziali come sembrerebbero. La grandezza più grande e quella più piccola sono state definite attraverso l'impiego di macchine costruite a questo scopo, ma da chi? Sempre dagli uomini no? Queste macchine non sono disinteressate alle finalità umane. Una volta si diceva che la terra era al centro dell'universo, ora si dice che è l'uomo ad essere la grandezza centrale di quello: non è che abbiamo migliorato molto, non ti pare?

— Oserei dire forse peggiorati, aggiunsi senza doverci pensare granché.

— Io dal mio punto di vista preferisco ancora i poeti agli scienziati!

— Io pure Luisa, almeno loro non ci lasciano senza significato.

— Sì, almeno loro non ci lasciano senza terra sotto i piedi!

— Però se ci ammaliamo, malignai, andiamo dal medico, non dallo stregone.

— Però se vuoi morire in pace, vai dal prete, non dal medico.

— È vero anche questo Lù, tutto ad un tratto m'era divenuta Lù, e aggiunsi: diciamo dunque che anche la scienza ci serve.

— Diciamolo sì, ma diciamo anche che non solo quella ci serve, o meglio, che almeno non s'impicci troppo dei centri della terra, e poi aggiunse: mi piace Lù, sei la prima a chiamarmi così.

— Anche a me piace, altrimenti credo che non mi sarebbe uscito dalla bocca, e aggiunsi: e inoltre diciamo alla scienza che deve fare il suo mestiere senza credere, solo perché qualche volta gli è andata bene, che debba proporre le sue idee come le uniche verità possibili.

— Giusto: non sappiamo che farcene di una scienza che s'impicci di ciò che appartiene solo a noi, della sacralità della nostra vita: che si faccia gli affari suoi per favore!

Per fortuna là non c'era nessuno che poteva capire quello che stavamo dicendo, altrimenti ci avrebbe certamente preso per folli!

In ogni caso era bello parlare con Luisa. Alla fine ci trovavamo sempre d'accordo noi due, ed era proprio quello l'importante, che fosse alla fine, altrimenti probabilmente non saremmo arrivate a nulla. Invece così si creava un processo, veniva a chiarirsi poco alla volta qualcosa, che se non lo si fosse lasciato crescere nel dubbio, si sarebbe tramutato immediatamente in un qualche pregiudizio.

Ma a proposito di pregiudizi, mi veniva da pensare, non è che anche le mie idee nei confronti dei due maschietti dell'allegra brigata erano tali? C'era da dire però che né Lucio né Andrea avevano fatto granché per smentirli, i miei probabili pregiudizi, anzi, tutt'altro. Ma io da parte mia invece cosa avevo fatto? Nemmeno io avevo fatto granché, ed è anche per questo che quella sera stessa cercai d'essere più... come dire, un po' meno...

va beh, diciamo un po' più disponibile e un po' meno sulle difensive. Ciononostante, a parte i miei nobili propositi, la serata fu una vera catastrofe!

*

Tutto iniziò a cena. Sbadatamente, come a volte mi succede, ma può succedere a tutti, urtai il bicchiere d'Andrea (uno di quei bicchieri della birra giganti, alto due metri e mezzo, o forse un po' meno), io tentai di riacciuffarlo per limitare i danni, ma fu peggio, perché così facendo carambolò sul tavolo e con la pesante base andò a colpire, dapprima il bicchiere di vino rosso di Lù, e poi, con un colpo secco da vera mazzata, il cellulare d'ultima generazione che capta anche le più tenue onde sonore del cosmo, ma che quando non c'è campo non c'è nulla da fare, di Lucio. Per farvela breve oltre al colpo mortale inflittogli dal pesante bicchiere di birra d'Andrea, anche quello di vino rosso di Lù, che come nei peggiori film dell'orrore aveva copiosamente già "insanguinato" la candida tovaglia, si trovò esangue a distillare le ultime gocce sui rimasugli di tastiera del famoso e super tecnologico cellulare di Lucio.

Una catastrofe: la parola non poteva essere più azzeccata!

Immediatamente da parte del proprietario del famoso strumento di comunicazione iniziò una sfilza d'invettive dirette verso la sottoscritta. A salvaguardia degli animi più sensibili mi pare opportuno riportarne solo un breve estratto: "Ma sei proprio idiota, ma come faccio io adesso, è proprio malata nel cervello la tua amica", quest'ultima sempre parlando di me ma rivolgendosi evidentemente a Luisa. Lucio a questo punto era divenuto bianco cadaverico, a dire il vero m'ero anche un po' spaventata. Luisa invece continuava a stare zitta, tentando di ripulire qualcosa, mentre Andrea, che dapprima sembrava più dispiaciuto per la sua birra, rincarò la dose:

— Te l'avevo detto che non c'era bisogno d'invitarla quella lì, rivolgendosi sempre a Luisa e parlando come prima di me, che tra l'altro...

— Che tra l'altro cosa!? Ribattei allora col sangue che aveva ripreso a circolarmi bruscamente nel cervello.

— Che tra l'altro è stronza!

— Ah: io sarei stronza! Io sarei stronza? Perché io sarei stronza caro Michael? Diglielo perché!

— Lasciamo perdere, fece allora come se dovesse compiere un atto di misericordia nei miei confronti.

— No invece! Non lasciamo perdere, ve lo dico io perché sarei stronza. Lo sapete perché? Perché io al signorino non gliel'ho data! Sì, proprio così, al signorino qui di fronte, quello che a lui le donne gli fanno schivo! Urlai come una belva inferocita. E quanto a te, rivolgendomi a Lucio, è ora che ti svegli caro, altrimenti prima o poi qualcuno ti collegherà ad un *computer* e ti userà come fossi una tastiera, ficcandoti le dita negli occhi per digitare, strizzandoti il naso per fare le maiuscole, e dandoti delle pedate nelle palle per andare a capo! Magari poi anche tutto in modo automatico, e con un *software* studiato apposta dagli ingegneri di

Google, e alzandomi dal tavolo me ne andai. Finii poi la mia serata sfogandomi furiosamente contro il muro della stanza da letto, e piangendo su me stessa. Ero avvilita, non tanto per quello che era successo, ma per quello che non era successo: il silenzio di Luisa! Era quello che mi aveva più ferito. Ma avrei dovuto capirla: perché avrebbe dovuto scegliere me? In fondo non erano che alcune settimane che ci conoscevamo, mentre Lucio lo conosceva da otto anni! Con lui prima o poi si sarebbe sposata, avrebbero avuto dei figli, condiviso gioie e dolori della vita; con me invece cosa avrebbe potuto mettere in comune: una semplice amicizia? Era già molto che se n'era stata zitta, dato che avrebbe avuto tutto l'interesse a spalleggiare il suo fidanzato, che tra l'altro ha anche un bel posto in banca e di certo non le farà mancare mai niente di quello che le serve.

L'attesi tutta la sera, tutta la notte, lei non venne. Al mattino preparai le mie cose e a colazione mi scusai con tutti per quello che era successo. Dopodiché dissi che sarei andata ad Atene, e da lì avrei preso un aereo per tornarmene a casa. Nessuno proferì parola, sinceramente nemmeno l'avrei voluto. Prima di salutarci però Luisa mi prese in disparte e mi chiese:

— Resta, non andare.

— E perché dovrei restare? Dopo tutto il casino che ho combinato.

— Resta e basta.

— E con quei due come la mettiamo?

— Gli parlo io, anzi, gli ho già parlato. Non ce l'hanno con te, è stato un momento così, passerà.

— Ma io non voglio più stare assieme a loro.

— E allora fallo per me, resta per me.

Era l'unico argomento che avrebbe potuto aver un qualche successo: restai.

Anche quei due però avevano cambiato qualcosa. Le mie grida erano servite. Andrea poi s'era persino scusato, dicendomi che la sera delle *avances* aveva bevuto un po' troppo, e che lui comunque era omosessuale per davvero. Io aggiunsi che in ogni caso l'omosessualità non deve essere simile ad un voto religioso, e che a questo mondo si può essere eterosessuali ed omosessuali nel medesimo tempo, ma lui mi assicurò che non era il suo caso. In quanto a Lucio invece, lui non si scusò, ma non lo vidi più con il cellulare in mano, o comunque si fece più discreto, e non solo perché era rimasto senza, dato che fu la prima cosa che andammo ad acquistare: un telefonino nuovo fiammante e della stessa marca di quello rotto. Io però non mi proposi di ripagarglielo, anche perché se mia era stata la colpa d'aver urtato il famoso bicchiere, la sua era stata quella d'averlo lasciato sul tavolo. Anch'io del resto il mio telefono lo tengo sempre in borsa. E poi, per l'estrema utilità di quello che gli avevo detto, era lui a dovermi qualcosa, o comunque avrebbe potuto almeno ringraziarmi!

Tutto sommato questa faccenda m'aveva permesso di non avere solo dei pregiudizi nei loro confronti; ora potevo finalmente contare su dei veri e propri giudizi!

*

Ritornando a Pallanzi invece Marco al telefono in quei giorni mi raccontò che qualcosa si stava muovendo: "C'erano stati degli sviluppi". Che Gesy si fosse trasferita da noi invece l'avevo già detto? Sì, credo proprio di sì, anche se la cosa più incredibile era un'altra: sconcertante! Gli aveva proposto di avere un figlio: con Marco, con mio fratello!

— E tu cos'hai risposto? Balbettai ancora frastornata.

— Tu cosa avresti detto?

— Lascia stare quello che avrei fatto io, che non c'entro nulla; tu piuttosto cosa le hai risposto: è solo questo che ora importa!

— Ma tu cosa le avresti detto?

— Di nuovo? Allora ti sei proprio rimbambito!

Seguì una pausa piuttosto lunga, e poi:

— Pronto, ci sei ancora? Sentii una specie di muggito, scusami, mi hai presa alla sprovvista, non volevo essere così...

— Così come?

— Isterica. Comunque se fossi stata al tuo posto non avrei esitato un solo istante a dirle di sì, e conoscendoti immagino che è quello che hai fatto anche tu: vero?

— Vero, hai il vantaggio di conoscermi, non c'è bisogno di tante spiegazioni.

— Ci avrei scommesso, comunque hai fatto bene: ho proprio voglia di diventare zia, poi Gesy mi piace molto.

— Anche questo so, che ti piace molto voglio dire.

— Cosa vuoi insinuare?

— Quello che sai.

— Bene: ora lo sai anche tu!

— Non mi sarei mai immaginato d'avere una sorella rivale in amore.

— Nemmeno io avrei mai immaginato d'avere un fratello poliziotto.

— Quante cose non s'immaginano...

— Tante mi sa, comunque io ti voglio bene ugualmente, anche se sei un poliziotto.

— Anch'io te ne voglio, e non sarà certo sapere che sei lesbica che mi farà volertene meno.

Mi fece veramente bene sentirgli dire queste cose: non succedeva tutti i giorni. E poi aggiunsi:

— Ehi, vacci piano con certi termini, sai che non mi piacciono le definizioni che intrappolano le persone! Se sono stata con Gesy non vuol dire che ho preso i voti da lesbica: inteso?

— Chiaro, so benissimo che odi tutti i generi di gabbie.

— Bravo! Ma piuttosto: e Pallanzi?

A questo punto mi raccontò dei famosi sviluppi; in pratica erano riusciti a risalire all'uomo che aveva inveito contro il Professore la sera del film di Averroè. La ragazza si era finalmente ricordata che l'aveva visto nella sala d'attesa del suo medico. Grazie all'archivio di questi erano riusciti ad individuarlo. Inoltre la perizia legale aveva stabilito il giorno e l'ora approssimativa del crimine. Per quel giorno l'uomo, un rappresentante di prodotti religiosi non era in grado di fornire alcun alibi. Aveva raccontato che non poteva dir nulla per non compromettere una persona che gli era cara, ed è anche per questo che il procuratore aveva firmato un provvedimento di carcerazione preventiva, con l'intento di far pressione sull'uomo e portarlo ad un'eventuale confessione. "Erano gli strumenti del mestiere", mi disse Marco senza troppa convinzione. E poi mi domandò se anch'io avevo fatto progressi.

— Che progressi vuoi che abbia fatto io, lo sai bene che sono in vacanze.

— Ma non mi avevi raccontato che stavi leggendo lo *Zarathustra*?

— Ma guarda che non è detto che ci debba per forza essere un legame tra quel libro e la morte del profe.

— E come potremmo saperlo? Ma poi... non eri tu che dicevi che oltre a trovare il responsabile della sua morte c'erano anche altre cose importanti in questo caso?

— Io questo non l'ho mai detto.

— Io invece l'avevo capita così, anche se forse, come dici tu, non l'avevi detto in questi termini.

— Ok, ammettiamo d'averlo detto in altri termini; se è così allora potrebbe interessarti sapere che Zarathustra durante la sua vita d'eremita aveva come compagni due animali: un'aquila ed un serpente. Stranamente anche qui a Delfi c'era un serpente, un pitone per la precisione, così come c'erano anche delle aquile, due per l'esattezza, quelle che hanno stabilito l'ombelico del mondo, il suo centro. Poi come avrai probabilmente già sentito all'ingresso del santuario era inciso il famoso monito: "Conosci te stesso!". Nietzsche fa dire a Zarathustra che sono i suoi animali che gli indicheranno la via del suo destino, che gli faranno comprendere chi è. Inoltre sono questi gli animali che simboleggiano l'eterno ritorno; l'aquila perché vola in modo concentrico, il serpente perché s'arrotola su se stesso. Qui a Delfi il Pitone verrà poi ucciso da Apollo, mentre Zarathustra sogna che sia necessario che al serpente si debba staccare la testa con un morso. Sono solo delle analogie, ma sembra che Nietzsche abbia attinto a piene mani da questi miti. Non so se ciò potrà servire a qualcosa, in ogni caso fa riflettere.

— Credi che sia stato Pallanzi a bruciare quei libri? Mi domandò allora Marco.

— Io penso di sì, credo che li abbia bruciati per cercare di mordere la testa al suo serpente, per tentare d'affermare la propria libertà nei confronti della consapevolezza che, qualsiasi cosa nella vita si possa più o meno fare, alla fine non ci sia comunque scampo, dato che tutto si ripete eternamente: si nasce e si muore in continuazione e infinitamente. Ma la mia è solo un'ipotesi.

— Certo, un'ipotesi a cui nessuno potrà rispondere; del resto solo Pallanzi avrebbe potuto.

— O forse no!

— Hai ragione, non è scontato, ma almeno dobbiamo sperarlo che avrebbe potuto rispondere.

— Ora che ci penso, ho anche un'altra cosa da dirti.

— Quale?

— Sai la sacerdotessa che vaticinava a Delfi: la Pizia, lo faceva seduta su un tripode posto sopra una fenditura del terreno e dalla quale fuoriuscivano esalazioni che possedevano un potere mantico. Ricordi Pallanzi dov'è stato ucciso?

— Boscomantico!

— Esatto.

— Credi che possa esserci una relazione tra le due cose? Però aspetta, ora che me lo dici durante l'autopsia i periti avevano rinvenuto sia sugli abiti che nei polmoni consistenti tracce d'ossido di carbonio; ci avevano detto che una presenza di quel gas, in così grosse quantità, non era giustificabile dalla semplice vicinanza ad un fuoco, dato che poi sul corpo non avevano ritrovato nessuna traccia di scottatura. Questa cosa non sapevano spiegarsela.

— È probabile dunque che la mia ipotesi sia fondata, e che prima d'essere ucciso stesse proprio compiendo una sorta di rituale. Se poi pensi anche ai libri bruciati, le cose tornano.

— È vero, sembra proprio che tornino.

*

Era da alcuni giorni che Luisa si comportava in modo strano; sembrava che oramai fosse al capolinea con Lucio: non si davano più la mano, non bevevano più nello stesso bicchiere, e cose del genere; quanto ad Andrea invece, lui non faceva più un passo senza suo cugino. A Pamukkale non successe dunque nulla di troppo diverso dal normale, solo che quel normale accadde fino in fondo, e il nostro viaggio prese un'altra direzione: quella che attendevo.

Come al solito Lucio ed Andrea avevano trovato una scusa per fermarsi in un bar e non seguirci durante la visita di quel luogo, così incredibile. Pamukkale in effetti è un posto veramente insolito; l'acqua sulfurea ha depositato dei sedimenti che gli offrono l'aspetto di una grotta a cielo aperto, completamente ricoperta d'incrostazioni bianchissime. Si ha l'impressione di trovarsi immersi in un paesaggio lunare, fitto di crateri che fungono da vere e proprie vasche per l'immersione nel tepore dell'acqua, e il tutto rigorosamente creato da Gea: madre natura. Un paradiso emerso dalle viscere della terra, ossia ancora con un lieve e soave residuo di zolfo, un lieve e soave ricordo della lussuria dell'inferno. L'apollinea esposizione solare delle vasche mi pareva si coniugasse perfettamente con la dionisiaca e cupa visceralità dell'acqua sulfurea, creando una tensione tra gli opposti, densa di mistero. Una congiunzione perfetta tra le più seducenti diversità; un'unione che non avrei potuto nominare diversamente: divina!

L'unico problema è che le vasche erano quasi tutte vuote, o comunque l'acqua che ci rimaneva sembrava lì solo per ricordare l'antico splendore, quando copiosamente tracimava dalle bianche coppe. Si aveva come l'impressione d'essere in quelle chiese in cui non vi è più il sacrestano a rimpinguare le acquasantiere.

Ci avevano raccontato che le installazioni alberghiere della zona avevano ormai fatto defluire quasi tutta l'acqua verso le loro piscine, e che quella rimasta era talmente poca che non era più in grado con i suoi depositi di rigenerare naturalmente le vasche; di conseguenza tutto il sito rischiava l'estinzione. L'avidità umana non s'era dunque dimenticata nemmeno di quel paradiso!

Devo però dire che in Turchia, soprattutto ad Istanbul, avevo avuto un'altra impressione. Difatti non mi era mai capitato di poter sentire in una grande città, dove tutto è generalmente caotico, qualcosa che induca alla meditazione. Ad Istanbul invece il regolare richiamo alla preghiera dei *muezzin,* che più volte al giorno dall'alto dei minareti intrecciando nel cielo l'eco delle loro voci, m'era apparso come il perentorio richiamo al frastuono della città di zittirsi. Era stato per me qualcosa di sorprendente, spirituale, magico, sentire quei rauchi megafoni diffondere la loro ragione nell'etere. Questi appelli m'avevano fatto comprendere che in fondo era sufficiente volerlo perché un altro ordine potesse diffondersi negli spazi della città, nelle vie; un ordine diverso dalla consueta confusione del traffico, e per così dire più a misura d'uomo, ossia meno dettato da regole astratte ed incomprensibili, che solo perché è ciò che succede di solito, è ritenuto anche ciò che non può essere diverso da così. Ma probabilmente Pamukkale non era Istanbul, e anche il mio stato d'animo avrà contribuito a farmele percepire così diverse tra loro.

Io e Luisa comunque non ci demmo per vinte, nemmeno a Pamukkale. Individuato un piccolissimo laghetto in fondo al costone da cui si dipanavano le vasche, c'infilammo il costume da bagno, tolto alla rinfusa dalla valigia, e decidemmo d'intraprendere la perigliosa discesa. Il sole era cocente e si stagliava dritto dritto sopra le nostre teste, e pur essendo l'ora delle *ombre corte*, non esitammo nemmeno un istante, tutt'altro. Proprio quel sole così chiaro ci sembrava offrisse anche a noi una sorta di potere mantico: una sorta d'offuscamento, ma non di quelli che accecano, piuttosto che permettono di vedere meglio, di comprendere meglio, perché sotto quel sole è l'alone cupo delle abitudini a sciogliersi.

Non invidiavo per nulla quei due, che probabilmente erano spaparanzati all'ombra di un bar con una bibita ghiacciata in mano. Non li invidiavo perché loro non potevano provare l'ebbrezza dello zenit, il momento del passaggio, il momento in cui qualcosa diviene qualcos'altro.

Il microscopico laghetto era immerso in una vegetazione magnificamente disordinata. L'acqua era ancora tiepida e il fondale, che pareva slittare sotto i nostri piedi, limaccioso e ricoperto da un denso tappeto d'alghe; inoltre alcuni arbusti di fico selvatico, con il loro intenso e acre odore di lattice, ombreggiavano quasi completamente l'invaso. Eravamo le sole ad esserci avventurate sino a quel luogo sperduto, solo noi ed alcuni grossi uccelli, i quali non si stancavano nemmeno un istante di rovistare tra le foglie alla ricerca di una qualche succulenta delizia. Era la nostra acqua, e come morbidi biscotti caldi di forno non esitammo ad intingerci, nonostante il timore che un chissà quale e misterioso animale potesse strisciare là sotto, in quel viscido fondale.

Per il resto invece: quello lo si può solo immaginare!

Come tutte le cose s'inizia sempre per gioco; incominciammo perciò a schizzarci dell'acqua, e poi, e poi... e poi ci amammo, come non m'era mai capitato: ci amammo veramente! E fu pura dolcezza quella che in quegli attimi interminabili assaporammo nell'offrirci i nostri corpi.

Eravamo ormai sfinite e appagate dall'intensità della nostra lotta, che ci appisolammo all'ombra di quella densa vegetazione, intrecciate l'una all'altra come due serpenti, complici del peggior peccato. Ricordo solo quando Luisa mi scosse dicendomi:

— Ed ora cosa facciamo?

Io avevo una sola ed unica risposta, nonostante il torpore del risveglio avrebbe potuto facilmente farmi esitare:

— Scappiamo!

— Ma dove? Mi fece lei con gli occhi sgranati.

— Scappiamo da quei due!

Mi fissò allora sempre più allucinata, quasi m'impaurì, senza smettere di fissarmi, senza però vedermi, dopodiché sorrise, e sorrise ancora, sempre di più, e fino a scoppiare in un riso inarrestabile. Non l'avevo mai vista così felice, era bellissima; era bellissimo vederla così, mi riempiva il cuore. Mi strinse a sé e mi baciò teneramente, dopodiché accarezzandomi gli aggrovigliati capelli, che sgocciolavano ancora acqua e zolfo sulle sue braccia, mi sussurrò:

— Hai ragione, scappiamo. Sì, scappiamo da quei due, e poi sempre più agguerrita aggiunse: da quei due stronzi!

— Brava, così mi piaci, le dissi con una gioia che mi fuoriusciva direttamente dal cuore: le chiavi dell'auto le hai tu, vero?

— Sì sì, le ho qua, gli lasciamo le borse dal parcheggiatore, e ce ne andiamo, direzione: Termodonte!

Fu in quel preciso istante che il suo telefono iniziò a squillare, era Lucio. Per un attimo il suo viso ridivenne cupo, la guardai accennando un sì col capo: rispose!

— Dove siete finite? Chiese lui, dobbiamo andare se vogliamo arrivare ad Efeso prima di sera.

Luisa gli domandò se erano ancora al bar, dopodiché li invitò ad attenderci, assicurandogli che li avremmo raggiunti al più presto. Infine schiacciò il pulsante per interrompere la chiamata, e senza esitare un istante lanciò con tutta la forza che aveva il telefono in aria. L'aggeggio finì per inabissarsi irrimediabilmente nel bel mezzo del minuscolo laghetto, e fu lì che rimase, assieme a quell'acqua; la medesima che cullerà per sempre il ricordo della nostra pelle, dell'esserci regalate l'amore.

*

Attraversammo la Cappadocia in uno stato d'eccitazione intensa, e immaginando le facce che quei due in quell'istante potevano avere ancora, raggiungevamo apici d'ilarità molto prossimi all'idiozia. Non riuscivamo ad arrestare la nostra *verve*: li vedevamo ancora increduli, persino il giorno dopo, e incapaci di rendersi conto che tutto ciò era potuto accadere davvero.

L'aria dal finestrino entrava torrida, tuttavia a noi sembrava una brezza primaverile, e persino i gas di scarico dei vecchi e puzzolenti camion che s'inerpicavano su quelle stradine, li inalavamo come fossero i miglior toccasana per i nostri polmoni, tant'era il senso di libertà che ci pervadeva. Il paesaggio invece era decisamente incantevole, niente suggestioni per quello, lo era tutto da sé. L'erosione naturale aveva prodotto un panorama straordinario, fatto di guglie e *canyon*, cui si era aggiunta l'operosità umana, che nel lungo protrarsi dell'occupazione di quei luoghi, aveva ricavato negli anfratti delle morbide rocce: abitazioni, chiese e quant'altro. Una commistione tra natura e opera dell'uomo a dir poco straordinaria. Se avessi dovuto immaginarmi il luogo più adatto al trascorrere delle giornate di Zarathustra, non avrei potuto pensarne uno diverso. Ogni grotta, ogni picco, ogni fondovalle scosceso mi appariva il posto ideale per la meditazione di un qualche eremita, di un qualche saggio, intento a permearsi dell'incessante spiritualità della natura. Era di certo quello il cielo più adatto al volteggiare della sua aquila; quella la desolazione più favorevole al nascondiglio del suo serpente, quello in definitiva il miglior punto d'osservazione sul mondo!

— Dunque siamo dirette alle foci di cosa? Chiesi a Luisa durante l'ennesimo tentativo di sorpasso di un camion, e quando iniziavo a rimettermi dalla sbornia d'emozioni che ciclicamente, come puledri, mi scalciavano sull'epidermide.

— Del Termodonte, mi rispose lei, le foci del Termodonte!

— E cosa dovremmo trovarci?

— Il nostro destino!

— Bene, e non le chiesi più nulla.

Era in quel posto, mi raccontò poi lei che il padre della storia Erodoto e della geografia Strabone collocavano la città di Temiscira. Era lì che secondo loro avevano vissuto le Amazzoni. Dopodiché si spostarono nelle steppe sull'altro lato del Mar Nero, a nord-est del fiume Don; ma in quella nuova terra non erano più solo una comunità di donne, perché nel frattempo s'erano unite agli Sciiti, i quali piuttosto che combatterle, come avevano fatto in precedenza i Greci, preferirono che i loro giovani più attraenti le seducessero. Ed è dall'unione con gli Sciiti che si originarono i Sauromati, le cui donne pare cavalcassero, usassero l'arco, e sempre secondo la tradizione prima di sposarsi dovevano uccidere almeno un nemico. Delle sepolture di donne guerriere difatti erano state rinvenute in quelle zone, ma queste appartenevano, secondo gli studiosi, ai Sarmati, una popolazione che molto probabilmente integrò i Sauromati tra il IV e il II secolo a.C.. Da lì in poi le tracce delle Amazzoni si persero, anche se delle donne di quel genere vivranno sempre, un esempio: su quella strada io e Lù n'eravamo più d'uno; due per la precisione!

Raccontai la mia pazza storia a Marco, era più che contento che fossimo riuscite a liberarci di quei due, poi aggiunse una cosa un po' strana:

— Quindi al tuo ritorno dovremo trovarci una casa più grande?

Mi sorprese, non avevo nemmeno pensato alla possibilità di un dopo, tant'ero occupata da quello che mi stava accadendo, da tutto ciò che in un qualche modo stavo facendo accadere.

L'inchiesta di Pallanzi invece stagnava. Avevano rilasciato il rappresentante d'articoli religiosi: non aveva confessato nulla. In mancanza di prove non potevano trattenerlo. Marco mi riferì che l'unica cosa che erano riusciti a fargli ammettere era che aveva passato buona parte della giornata dell'omicidio con una donna sposata, e che per non comprometterla non poteva dire chi fosse. A lui era sembrato sincero, nonostante avesse avuto l'impressione, come al solito, che non raccontasse tutto. Lo mantenevano sotto sorveglianza e gli era stata interdetta la possibilità d'espatriare.

*

La città di Temiscira invece non esisteva più; al suo posto si trovava Terme, un paesotto piuttosto anonimo presso il Mar Nero. Le Amazzoni, se lì erano veramente vissute, non avevano lasciato traccia. Non avevano eretto monumenti, innalzato torrioni, mura difensive: nulla! Pensai che forse era stato per quello che nessuno fu in grado di sconfiggerle. Non con le armi e la violenza potevano essere conquistate, ma da quell'amore al quale s'erano votate al momento in cui decisero di condividere la loro sorte. E se è vero tutto ciò che gli antichi ci hanno raccontato, allora gli Sciiti, avendolo capito, erano stati davvero astuti e saggi. Avevano capito che per le Amazzoni quella era l'unica cosa che importava veramente; era il loro, dal punto di vista degli uomini, tallone d'Achille.

Fu distante dal centro cittadino, in un piazzale senza merito né gloria, che c'imbattemmo in un monumento eretto alla loro memoria. Era come se la gente di quei luoghi avesse dovuto ricordarsi di loro solo per dovere nei confronti di una storia che lì era successa, ma che comunque non lì riguardava più. Era triste. Il monumento poi, piuttosto banale, possedeva al suo apice la statua di una donna con abiti antichi, intenta a scoccare una freccia. Osservando i dintorni capii che era stato eretto solo come ipotetica attrazione per un qualche sperduto turista, come noi.

— Tutto qui, mi fece Luisa senza mascherare la sua delusione.

In effetti non so cosa lei si aspettasse, ma non si può dire che quello che trovammo fosse molto.

— No Lù, non dobbiamo darci per sconfitte, dobbiamo cercare ancora!

— Ma cosa dobbiamo cercare? Mi chiese sbigottita.

— Non lo so, questo non lo so proprio.

— Ah, andiamo bene!

— Ma guarda che eri tu che dovevi sapere cosa c'era qui, replicai indispettita.

— Ma sì, va bene, andiamo che da qualche parte ci saranno ancora delle frecce conficcate in qualche albero, aggiunse lei per sdrammatizzare.

— Vedi che allora lo sapevi cosa dovevamo cercare! Eravamo nuovamente di buon umore.

Non distante da lì in effetti delle frecce le trovammo. L'attenzione di Luisa fu catturata da una locandina esposta sulla vetrina di un negozio; questa informava di una mostra fotografica che, osservando le date, doveva essere stata fatta quattro mesi prima. Il gestore l'aveva probabilmente lasciata solo perché era l'unico elemento decorativo che poteva esibire. Le poche foto che s'intravedevano, seppur il manifesto fosse un po' sbiadito, erano singolari. Ritraevano delle donne turche nell'atto di compiere i gesti quotidiani, ma ciò che più mi colpì, fu la dignità che quelle donne esprimevano nei loro atteggiamenti. Inoltre le ambientazioni erano marcate da forti contrasti sia di colore che di luce. L'autore aveva un nome fantasioso e indubbiamente evocativo: Zon. Chiedemmo informazioni al negoziante e ci spiegò che era una donna, ce lo fece capire più che altro. Era straniera, una ragazza straniera come noi, gesticolò, che abitava in un paesino dell'entroterra, del quale, su nostra richiesta, ci appuntò il nome. Poi ci fece cenno qualche cosa con le mani, come se dovesse scacciare delle mosche dal capo, allora intuimmo:

— *Crazy?*

E lui sempre aiutandosi con i gesti:

— No, no *crazy!*

Al che Luisa aggiunse:

— *Artistic woman.*

E lui ancora:

— *Yes, artistic woman, yes*, e poi sorrise soddisfatto, come se fosse riuscito a dire una delle cose più divertenti che si possano pronunciare.

Partimmo senza esitazioni alla ricerca di Karayonca, anche perché dove eravamo a quel punto avremmo dovuto solo imboccare la strada del ritorno; cosa questa che non era ancora all'ordine del giorno: entrambe lo sentivamo! Le poche indicazioni che trovavamo sulla strada, piuttosto che aiutarci, ci confondevano; inoltre le persone che incrociavamo, alla guida di un qualche vecchio trattore o con in mano le redini di un triste ed infelice animale da soma, ci guardavano incredule, come fossimo l'apparizione di una chissà quale entità soprannaturale. Gli unici a divertirsi sembravano invece i bambini, soprattutto quando ci vedevano passare più volte, perché continuavamo a sbagliare strada.

Per fortuna fu Zon a scovarci!

Nel sapere che un'autovettura quasi nuova si aggirava nei paraggi decise d'attenderci all'inizio di una stradina senza sbocco, intrapresa come le altre per errore. Piazzandosi nel bel mezzo della carreggiata ci obbligò a fermarci, dopodiché imbracciando la sua macchina fotografica approfittò del nostro stupore per immortalarci inebetite in alcuni scatti prodigiosi, che quando potemmo scorgere ci apparsero pienamente rivelatori del nostro stato. Io e Lù a quel punto ci guardammo:

— *Crazy?* Si ricordò lei.

— No, *artistic woman*, le rammentai io.

Era veramente una donna insolita Zon, in tutti i sensi!

— *Do you speek english?* Ci chiese.

— Al che entrambe rispondemmo:

— *Yes!*

Allora senza capir bene come avesse fatto a comprenderlo, ci domandò:

— Italiane? Pronunciandolo senza alcun accento.

— Sì, italiane, rispose Lù.

— Oh, finalmente qualcuna con cui parlare senza dover pensare a quello che devo dire, e ci stupì di nuovo.

Veramente non è che avesse i tratti tipici dell'italiana, ammesso che questi esistano. Era nata a Roma, questo sì, ma da padre ivoriano e madre irlandese. Zon era uno di quegli esiti etnici che sono a mio avviso la vera bellezza dei nostri tempi. Un viso dolce e allo stesso tempo deciso accoglieva nelle sue tenui sfumature marroni due piccoli e profondi occhi grigi, uno persino leggermente più scuro dell'altro, e tutto coronato da una pioggia diffusa di lentiggini.

Senza troppo pensarci mi venne da chiederle:

— Ma tu da dove salti fuori?

Lei sorrise:

— E voi da quale cilindro?

Poi salì in macchina e c'intimò:

— Andiamo che vi offro un tè!

Oltrepassata l'ennesima collina e piuttosto isolata dal villaggio s'ergeva una casupola tradizionale, di quelle che seppur non troppo frequenti avevamo già scorto sulla strada: casa sua. Interamente in legno era sorretta da nove pilastri di pietra, a mo' di palafitta. Per salire dovemmo utilizzare una scala a pioli, che lei, dopo averla sfilata da un aggrovigliato cespuglio, appoggiò dinnanzi all'unica porticina della casupola. L'interno senza pareti era completamente ricoperto da tappeti persiani. C'erano poi

anche moltissimi oggetti insoliti che Zon aveva raccolto un po'
dappertutto nella zona: radici intrecciate, arruffate, sassi con
forme strane, curiose, e tutta una serie d'utensili dalle funzioni
disparate ed incomprensibili. L'arredo molto ridotto si
componeva esclusivamente d'alcuni cuscini sparsi sui tappeti,
mentre la cucina da un fornelletto ad un'unica bocca posto su un
tavolino. Fu su quello che Zon pose il bollitore del tè. Di corrente
elettrica non se ne parlava, bagno e servizi igienici: disseminati
un po' dappertutto, ma nel bosco circostante, bisognava
arrangiarsi insomma. La cosa che non scarseggiava era l'incenso.
Zon ne possedeva in quantità industriali; se avesse avuto anche
altrettanta pasta, probabilmente non saremmo più uscite da
quella casupola!

Ci restammo per tre giorni, e furono tre giorni indimenticabili.

Parlavamo parlavamo, dalla mattina alla sera, e solo al
momento di sorseggiare il tè, la nostra lingua s'arrestava qualche
istante. Ci raccontammo tutto quanto c'era capitato dal momento
in cui eravamo nate, e persino quello che non ricordavamo,
quello che gli altri ci avevano detto di noi. Ci raccontammo i
nostri desideri, ciò che sognavamo, ma anche le delusioni che
avevamo avuto. Zon si dimostrò d'una freschezza e lucidità
incredibile. Sembrava sempre distratta, tuttavia non perdeva
mai l'occasione d'anticipare ogni nostra richiesta. Luisa invece si
prodigava continuamente a ricercare una mediazione in tutto, mi
sembrava un vero genio nel trovare le soluzioni più realistiche,

senza perdere di vista le aspirazioni più intime. Da parte mia invece cercavo d'alimentare in continuazione il fuoco di tutto ciò che mi sembrava bello, ispirandogli una forma, offrendogli le parole più adatte, per farlo risplendere.

E quando Zon non parlava: fotografava!

Fece echeggiare i suoi clic quasi fosse un sottofondo musicale alle nostre parole. Ci fotografò in tutti i modi, in tutte le posizioni, vestite, svestite, con le sue radici in mano, avvolte nei tappeti, assonnate, risvegliate, intente a baciarci, ad accarezzarci... Ed i suoi scatti entrarono poco a poco nelle nostre braccia, come fossero l'ovvia conseguenza di tutto ciò che ci stavamo dicendo; ed assieme a quel ticchettio discreto, giunse anche il suo corpo, vellutato ed ispido, delicato e aspro.

— Ma perché sei finita in questo posto così sperduto? Le chiesi ad un certo punto.

Sostenne che neppure lei lo sapeva di preciso. Era partita un po' per caso e un po' per disperazione. Non aveva mai accettato la separazione dei suoi genitori, e nemmeno quella della sua amica del cuore, morta in un assurdo incidente. Così aveva cercato un altrove, aveva tentato di capire chi fosse. Per questo motivo era stata in India, in Palestina, Australia... Aveva praticamente girato mezzo mondo. Con la sua macchina fotografica se l'era sempre cavata, ma rimaneva consapevole che quello che aveva fatto fino ad allora, non era che una sorta d'apprendistato, e che il bello della sua vita doveva ancora arrivare. Ed era per quello che si trovava lì, affermò alla fine:

— Sono qui... perché vi aspettavo!

E fu proprio per questo motivo che a Karayonca, seppur fossimo arrivate in due, quando decidemmo di ripartire, eravamo ormai in tre.

Il nostro viaggio si sarebbe comunque concluso da lì a poco. Avevamo ancora in progetto la visita d'Efeso, dopodiché con un volo saremmo tornate in Italia.

Ad Efeso Lù c'era già stata con Pallanzi, ma se per lui i resti di quell'antica città avevano rappresentato il teatro per la ricerca dell'autenticità del pensiero d'Eraclito, per lei il motivo era un altro.

Giunte sul sito ci mostrò i luoghi dove era stata col profe, dopodiché prendemmo la strada verso l'Artemision, il tempio d'Artemide, menzionato già nell'antichità come una delle sette meraviglie del mondo; e fu tra quelle esigue rovine, dato che la maggior parte delle pietre che lo costituivano erano finite nei muri della cattedrale di Santa Sofia a Costantinopoli (l'odierna Istambul), che il nostro essere assieme iniziò ad acquisire anche una sua ragione.

Luisa ci raccontò che gli abitanti d'Efeso ritenevano che la loro città fosse stata fondata da un'Amazzone, dal nome d'Efese. Sarebbero state dunque quelle donne ad iniziare il culto d'Artemide nel II° millennio a.C. All'inizio pare però che l'oggetto di devozione non fosse altro che un albero, al quale venivano appese delle offerte, e che solo poi, con il tempo, questo albero prese sembianze umane. A quel punto Lù ci mostrò una foto che conservava in un quaderno e che ritraeva la statua d'Artemide efesina. Questa possedeva uno sguardo tagliente ed enigmatico, abbastanza simile a quello delle sfingi egiziane, inoltre all'altezza del torace, e ben in vista, c'era una quantità sproporzionata d'elementi che potevano benissimo sembrare uova, e fu proprio su questo che Lù richiamò la nostra attenzione:

— Si sono avute diverse interpretazioni di ciò, ma nessuna a mio avviso che consideri quello che le Amazzoni avevano dimostrato d'essere.

— Che tipo d'interpretazioni? Chiese allora Zon.

— Inizialmente questa iconografia della dea è stata considerata come una derivazione da Gea, e in quella sorta di uova una moltitudine di seni in grado d'allattare tutti i suoi figli, tutta l'umanità.

— E cos'è che non ti quadra di questa interpretazione? Le chiesi.

— Se osservate bene la foto non si ha però l'impressione che quei prolungamenti appartengano alla morfologia della dea, ma piuttosto sembrano cose che sono state aggiunte. Se poi pensi che all'origine questa era solo un albero al quale venivano appese delle offerte, è facile immaginare che quelli non potessero essere affatto seni che le appartenevano.

— Ma dove vuoi arrivare? Le riproposi incuriosita.

— Aspetta: c'è poi un'altra interpretazione, più recente, che vorrebbe invece che quegli ovuli rappresentino i testicoli dei sacerdoti che officiavano al suo culto. Quelli rappresenterebbero dunque una sorta d'offerta della capacità di procreare, in altri termini sarebbero l'evidenza del principio di castrazione.

— E immagino che neppure quest'interpretazione ti vada bene, o mi sbaglio? Chiese Zon divertita.

— No, neppure questa, non ti sbagli affatto, e sorrise.

— E perché se non sono indiscreta?

— No, non lo sei; ma perché offre un'immagine negativa della donna; in sostanza è l'idea di un principio femminile che chiede la castrazione. Sottraendo al maschio le sue prerogative, opererebbe al fine del suo annientamento; annientamento che l'uomo deve sfuggire se vuol crescere ed emanciparsi. C'è in essa l'idea di un sacrificio che ha poco a che vedere con la sacralità di un'emancipazione, e che offre d'Artemide l'idea di una divinità sostanzialmente dispotica, che esige quel sacrificio solo per affermare il proprio potere, e senza offrire nulla in cambio. Per alcuni versi è la medesima concezione che i Greci avevano delle Amazzoni: delle donne da sconfiggere perché avrebbero potuto alterare il loro ordine sociale, un ordine che, bisogna ricordare, era prevalentemente maschile, e che si giustificava da quella costante minaccia di castrazione, d'annientamento, che una dea madre avrebbe potuto sempre richiedere.

— Dunque tu cosa pensi che siano quelle cose? Mi venne spontaneo di chiederle.

— Raccontata da diversi autori dell'antichità c'era anche un'altra leggenda che riguardava le Amazzoni.

— E quale sarebbe? Incalzò Zon.

— Si narra che avessero un'usanza un po' macabra: quella di mutilarsi un seno per tirare meglio con l'arco.

— Vorresti insinuare che quelle cose sarebbero i seni delle Amazzoni? Feci inorridita.

— Sì, sostenne lei.

— Che schifo! Esclamò Zon.

— È vero, difatti è probabilmente anche per questo che nessun Greco nell'antichità seppe riprodurre l'immagine di un'Amazzone senza seno.

— E meno male! Ribattei.

— Io non so se quella pratica fosse una consuetudine, o se fosse solo qualcosa d'occasionale, in ogni caso credo che le Amazzoni, anche solo per un breve periodo, l'avessero adottata realmente.

— E perché lo pensi: credi che fosse davvero per tirare meglio con l'arco come sostenevano i Greci? Le proposi. Devo ammettere che, seppur potesse sembrare interessante, quel motivo m'appariva eccessivamente fantasioso!

— Sì, proprio per quello, o meglio, quello poteva essere stato il motivo iniziale, ma poi la pratica si è per forza simbolizzata, acquisendo un carattere più astratto, altrimenti l'Artemide d'Efeso, così come la vediamo, non avrebbe alcun senso. La pratica che inizialmente aveva il suo motivo d'essere nella funzione dello scoccare delle frecce, attraverso l'offerta all'albero ha acquisito il carattere sacrale, producendo la simbologia della dea come la vediamo oggi. Questa rappresenta gli ideali che accomunavano le Amazzoni, ossia una sorta di custode del loro patto d'unione. Quella pratica di mutilazione ha perciò acquisito un valore diverso dal semplice e funzionale tirare con l'arco, è divenuta, nella sua simbologia, il senso del loro stare assieme.

— E quale sarebbe questo senso? Domandò Zon.

— Artemide in quel modo poteva rappresentare tutto il popolo delle Amazzoni; attraverso la sua effigie mostrava che consacrando una parte di sé a qualcosa più grande di sé, era possibile oltrepassare l'isolamento individuale, era possibile partecipare a quell'unione con le altre donne che solo l'aspetto della divinità, attraverso il suo carattere sacro, poteva mostrare.

— E quale sarebbe questo carattere? L'interpellò nuovamente Zon.

A questo punto azzardai una risposta:

— È un senso d'insieme, è il senso dello stare assieme. Un senso che nasce dal desiderio di stare assieme, di credere che la nostra vita non ha senso di per se stessa, ma che può acquisirlo solo assieme agli altri, con gli altri, amando e vivendo con loro. È il senso d'ogni vivere sociale, ossia che la vita, a differenza delle singole persone, non muore mai, e che partecipare alla vita, a differenza del semplice vivere, avviene solo quando diveniamo consapevoli di non essere soli al mondo. Ed è per divenire consapevoli di ciò che abbiamo bisogno di una divinità comune, che ce la mostri l'eternità della vita, che ci mostri l'eternità della nostra vita.

— Sì, fece Lù, credo che hai ragione.

— Ed è quello che dovremmo fare anche noi? Immaginò allora Zon.

— È quello che forse stiamo cercando di fare, proposi.

— È quello che forse stiamo imparando a fare, riformulò Lù.

— Quando mio padre e mia madre si separarono, per due anni litigarono su quello che spettava all'uno e quello che spettava all'altra. Anch'io ero divenuta uno dei tanti oggetti della disputa. Alla fine furono i giudici del tribunale a stabilirlo. Era il compimento del loro fallimento, il fallimento della loro unione. Non c'era più il desiderio di stare assieme, non si cercavano più, non avevano più ideali da condividere, speranze per il futuro, di conseguenza anche la loro vita e la condivisione dei beni che avevano messo in comune, era fallita. Io credo che mettere in comune le proprie ricchezze sia un atto importante affinché un'umanità nuova possa veramente prospettarsi, continuò Zon, solo che se non c'è il desiderio di stare assieme, ogni forma di comunismo è condannata a fallire. Quello marxista ad esempio, che considera solo gli aspetti economici della vita, non può che essere fallimentare.

— Sono d'accordo con te, le dissi, non si possono mettere in comune dei beni se non si condivide l'orizzonte per cui lo si fa.

— Sì è vero aggiunse Lù, ma poi corresse:

— Però gli ideali non si condividono solo sulla base dell'idealità.

— Spiegati meglio!

— Voglio dire che non ci si può mettere assieme solo perché si ha un progetto in cui riconoscerci, ma ci vuole anche un sentimento, ci vuole un trasporto, una passione, ci vuole un desiderio, altrimenti gli ideali non reggono.

— Sì, ci vuole un desiderio, ma non un desiderio qualunque, ci vuole un desiderio che sia d'amarsi, di rispettarsi, d'emanciparsi assieme, sostenne Zon.

— Dunque è questo ciò che serve se si vuole che la propria vita abbia un senso assieme agli altri, che possieda la sacralità di qualcosa che vada oltre noi stessi: una sorta di comunismo dei desideri? Chiesi.

— Chissà, se così fosse probabilmente dovremmo essere noi a dimostrarlo, rispose Lù.

— Noi a crederci, aggiunse Zon.

— Noi a desiderarlo, e con tutto il nostro amore, conclusi io.

Fu proprio anche in quell'istante che Zon prese la decisione di tornare assieme a noi in Italia.

Ne parlai a Marco, il quale mi propose d'ospitarla a casa nostra. Io lo misi al corrente che anche Lù aveva l'intenzione di venire ad abitare con noi.

— Di questo passo ho paura che più che un appartamento dovremmo trovarci una palazzina intera.

— Buona idea, aggiunsi.

Dopodiché finì col parlarmi dell'inchiesta:

— Volevo metterti al corrente che siamo riusciti ad identificare l'amante di Marchetti. L'abbiamo anche interrogata.

— Vorresti dire il rappresentante d'articoli religiosi?

— Sì proprio lui.

— E cosa vi ha raccontato?

— Che il giorno dell'omicidio s'erano visti e che in macchina s'erano appartati proprio a Boscomantico. Là, tra le altre cose, avevano visto il Professore con due grossi sacchi in mano. Incrociandolo erano stati obbligati a fermarsi perché il vento, assieme ad una folata di polvere, gli aveva fatto rotolare il cappello in mezzo alla strada. Marchetti in quell'istante l'aveva riconosciuto, dopodiché aveva raccontato alla donna i fatti successi alla conferenza del film. Ma è stato solo lì che l'hanno visto, almeno così lei sostiene.

— Per forza, se poi l'hanno ucciso e gettato nel fiume: come avrebbero potuto incontrarlo nuovamente!

— Di fatto però questa testimonianza scagiona l'uomo, e noi, al momento, non avendo altre prove, non possiamo nemmeno parlare di una complicità tra i due. E poi in ogni caso il movente del diverbio al film rimane piuttosto debole.

— E Marchetti cosa ha detto?

— Ha confermato la testimonianza dell'amante e ci ha scongiurato di non dire nulla al marito, perché è un tipo violento e non accetta il fatto che con sua moglie sia finita.

— Allora vuol dire che il marito della donna sa già che sua moglie se la fa con qualcun altro?

— La donna sostiene che un giorno ha tentato d'accennarglielo, ma che questi non ha nemmeno voluto stare ad ascoltarla, e in più s'è rimediata quattro ceffoni.

— Tutti uguali gli uomini.

— Ehi ehi, non generalizziamo per favore!

— Sì, scusa Marco, tutti meno te.

— Non generalizziamo, ma nemmeno assolutizziamo!

— Insomma, ti dico che sei l'uomo migliore della terra e nemmeno questo ti va bene?

— Esatto, proprio perché non è vero.

Aveva ragione anche questa volta, o meglio: almeno per questa volta l'aveva.

*

Ma a proposito d'uomini... ve li ricordate quei due là? E come potreste dimenticarle due personcine così speciali!

Di fatto la storia con Lucio ed Andrea non terminò a Pamukkale, ma ad Istanbul!

All'aeroporto mentre con Lù ero in fila per il *check-in* e Zon si trovava alla toilette, cosa mi vedo? Incredula scorgo una mano che agguanta per i capelli la mia Lù, trascinandomela fuori dalla coda. Era Andrea che tra le urla di lei, perché la lasciasse, chiamava suo cugino:

— Vedi chi ho trovato? Quelle due che ci hanno mollato come fossimo due stronzi a Pamukkale!

— Ma voi siete due stronzi! Mi misi ad urlare strattonando la maglia di quel bifolco, che immediatamente trovò giusto ripagarmi con una perfida gomitata, facendomi perdere l'equilibrio. Nel frattempo aveva passato la sua preda al cugino, il quale bloccandola pure lui per i capelli l'apostrofò con una serie di frasi, delle quali nemmeno afferrai il senso, tant'era il dolore che m'investiva il viso. Una cosa però la ricordo molto bene:

— Ma cosa avrebbe più di me quella puttanella della tua amica?

Fu a questo punto che entrò in scena Zon.

Uscita dal bagno e scorta Lù tenuta in quel modo ed io ripiegata su me stessa intenta ad arrestare l'emorragia del labbro, si scatenò come una belva ferita. Per prima cosa sferrò un vigoroso calcio dietro la gamba ad Andrea, la quale smise di sorreggerlo piombandolo sul pavimento come fosse una valigia caduta dal carrello, dopodiché impugnando la sua macchina fotografica dalla parte del teleobiettivo, e nello stesso tempo in cui l'incredulo Andrea la scorgeva senza più capire cosa stesse accadendo, diede una mazzata sulla schiena all'ex di Lù, tant'è che questi urlando di dolore fu costretto a mollarle i capelli. A quel punto gettai a terra il fazzoletto insanguinato, e come mai m'era successo prima d'allora, mi diressi verso Andrea rifilandogli con tutta la forza un ceffone, talmente sonoro che deve essere stato udito come il gong di un tempio buddista per tutto l'aeroporto! E fu allora che anche Lù, tirando al suo ex un potente calcio nelle parti basse, ebbe la sua rivalsa, ma quello che più mi rese orgogliosa, fu ciò che gli spiaccicò in faccia:

— Sono proprio quelle cose che adesso ti fanno così male, che quella puttanella della mia amica non ha, che me l'ha fatta preferire a te! Lei ha meno palle, proprio perché ha più cuore! Otto anni delle tue palle mi sono bastate: otto anni, non qualche mese, quando dopo otto giorni avrei dovuto capire che non eri altro che un coglione, e l'unica cosa che avresti potuto fare nella tua vita, erano i soldi, dato che hai solo un cervello ma nessun sentimento, ossia ciò che mi sono sempre illusa che tu avessi da qualche parte!

Il silenzio.

Anche la gente che aveva fatto il vuoto attorno, aveva smesso di borbottare: "Ma quando arriva la sicurezza, qualcuno l'ha chiamata... non è possibile una cosa del genere tra persone civili", e altre frasi analoghe.

È vero, tra persone civili si dovrebbe sempre far finta che tutto vada bene! Luisa aveva fatto la persona civile per otto anni: ecco il risultato! Meglio un po' d'inciviltà, quando ci vuole, e in quel caso ci voleva proprio!

Non riuscimmo nemmeno a guardarci e a scambiarci alcuni sorrisi che la sicurezza questa volta arrivò per davvero.

Zon era stata la nostra salvezza. In quel caso potevamo però dire grazie anche la tecnologia. Lei aveva dimostrato di saperla usare molto bene, anche in quel frangente, la sua macchina fotografica, altro che Lucio col suo cellulare!

Appurato che nessuno voleva sporgere denuncia i gendarmi c'imbarcarono su due voli distinti, uno per noi, e uno per quei due là. Almeno in quel modo non avevamo più nulla in sospeso: i conti erano stati regolati!

All'aeroporto milanese Marco e Gesy vennero a prenderci. Mi fece uno strano effetto vederlo assieme ad una donna che non fossi io. Probabilmente anche a lui successe la medesima cosa:

era abbastanza imbarazzato, ma fu solo un attimo. La mia preoccupazione era che attraverso quella nuova configurazione ci fosse qualche cosa che non funzionasse più tra me e lui; la cosa mi fece rimanere più silenziosa del solito, ma anche attenta a tutto ciò che accadeva.

Per fortuna e con mia grande soddisfazione fu la simpatia ad instaurarsi tra di noi. Il mio silenzio era anche dovuto al fatto che non volevo forzare le cose; difatti credo che quando i rapporti tra le persone non s'istaurano liberamente, quando il volere qualcosa dagli altri è più pressante del fatto che le persone si sentano libere d'essere ciò che sono, i rapporti che si stabiliscono tra quelle medesime persone sono anche per lo più destinati a non avere molta fortuna.

A casa Gesy aveva preparato una cena a dir poco squisita.

La tavola già imbandita era una festa di colori, inoltre ad ogni posto un pacchettino con i nostri nomi ci attendeva. Zon vi trovò una piccola macchina fotografica che permetteva di visionare alcune diapositive delle piazze e dei monumenti veronesi; Lù una statuetta d'Artemide d'Efeso: chissà poi come avessero fatto a trovarla? E per me assieme ad un'aquila argentata un piccolo serpente di cartapesta, gli animali di Zarathustra: e cosa altrimenti? Quello che m'incuriosì maggiormente invece furono i pacchetti di Marco e Gesy: possedevano la medesima forma! Non so perché ma la cosa mi rese inquieta, e non a torto; appena scartati apparirono due fedi: avevano deciso di sposarsi!

Non riuscii a trattenere le lacrime.

Allora Gesy mi abbracciò e mi disse:

— No, non essere triste!

— Ma io non sono triste, piango perché sono contenta.

Non so se era vero quello che le dicevo, non so se era vero del tutto, ma era un sentimento insolito quello che mi pervadeva, una sorta di timore e gioia assieme. Avevo paura perché qualcosa stava cambiando, e allo stesso tempo, e per il medesimo motivo, ero contenta.

Marco ci raccontò che aveva trovato un grande appartamento nella zona di Ponte Pietra, e che se volevamo erano disposti a condividerlo con noi. Ci disse che avevano riflettuto a quell'eventualità, e che entrambi pensavano non fosse molto stimolante vivere per proprio conto. Poi alludendo all'ultima telefonata che avevamo avuto e nella quale gli avevo un po' raccontato le nostre vicende, ci disse che l'idea di un comunismo dei desideri era qualche cosa che valeva la pena d'essere provato.

Il giorno dopo chiesi a Marco cosa gli avesse fatto cambiare idea; non l'avevo mai sentito esprimersi in quei termini, anzi, m'era sempre apparso piuttosto riluttante a pensare che degli ideali potessero essere qualcosa che si può anche tentare di vivere. Insomma, si era sempre dimostrato più assennato: più di me almeno!

Perciò gli domandai:

— Ma come mai questo cambiamento: grazie a Gesy?

— Non so se è merito suo, può darsi. Di sicuro lei è importante per me: sta offrendo alla mia vita un nuovo sapore.

— Vuoi dire che con me... insomma...

— Sì, ho capito cosa vuoi dirmi. No, non è quello, tu sei mia sorella, siamo cresciuti assieme, viviamo assieme, ma per molti aspetti, non ci conosciamo. Crediamo di conoscerci, ma probabilmente stiamo conoscendoci solo ora. Solo adesso che non siamo più solo noi due, ma che altre persone stanno entrando nelle nostre vite.

— Capisco cosa vuoi dire, ma così il rischio è anche maggiore: a questo punto potremmo anche conoscerci meglio, ma il pericolo è di non riconoscerci più!

— È un rischio che vale la pena di correre, non ti pare?

— Sì, conviene, anche perché ormai è la scommessa che c'è in quel rischio ad essersi impadronita di noi.

— Difatti, ora anche se ci rendessimo conto di aver sbagliato strada, non potremmo più fare marcia indietro.

— Perché? Gli feci impaurita.

— Perché altrimenti smarriremmo la nostra strada.

— Ma scusa, la nostra strada deve essere quella giusta, non quella sbagliata!

— No, non è né l'una né l'altra cosa, è solo la nostra.

— Vuoi dire... qualche cosa che ha a che fare con il motivo del nostro essere al mondo, e che può essere solo vissuto e non giudicato?

— Sì, proprio quello, difatti il destino non è mai né giusto né sbagliato, è solo destino, perché se fosse giudicabile, allora dovrebbe conformarsi a quel medesimo giudizio che lo considera, perdendo così la sua imprevedibilità, la sua originalità.

— Ma se hai sempre detto che il destino non esiste!

— Ne sono convinto tuttora; non esiste un destino già scritto, già fatto, che dobbiamo vivere senza rendercene conto, ma piuttosto esiste una meta che possiamo prefissarci, la quale può offrire un orientamento alla nostra vita... permetterci d'avere un senso.

— Questo in teoria, ma in pratica: come dovrebbe essere Marco questo destino libero da ogni giudizio?

— A proposito ti potrei raccontare di un sogno che ho fatto proprio questa notte, un sogno un po' strano.

— Anch'io ne ho fatto uno piuttosto curioso.

— Proprio come quando eravamo piccoli: tutte le volte che uno faceva un sogno insolito, anche all'altro succedeva la stessa cosa.

— Sì è vero, proprio come quando eravamo piccoli, del resto siamo sempre noi, siamo sempre gli stessi, anche se un po' più grandi.

— La sostanza non cambia.

— Esatto.

— Chi lo racconta per primo?

— Comincia tu Marco.

— D'accordo, questo sogno al mio risveglio l'ho battezzato: "Il sogno dei tre discorsi". Il problema è che di discorsi ora me ne ricordo solo uno.

— Non fa nulla, i sogni sono così: giungono, si fermano un po', e quando credi di possederli, se ne vanno altrove.

— Proprio come il tempo che scorrendo in continuazione non smette mai di passare.

— Marco: non perdere tempo con riflessioni sul passare del tempo, che tanto non riesci ugualmente a fermarlo! Cosa diceva invece questo discorso?

— Messaggio ricevuto; ecco: mi ricordo che ero fermo sul lato di una strada di campagna, poi tutto ad un tratto chi mi vedo arrivare? José Bové!

— E chi sarebbe questo José Bové?

— Ah, non lo conosci? La stampa italiana ce l'ha presentato come "il filosofo contadino", in pratica è uno che in Francia si sta battendo per delle cause ecologiste. È stato anche processato assieme ad altri attivisti per aver partecipato alla falciagione di alcuni campi seminati con il mais transgenico.

— E cosa ha raccontato questo signore, o *pardon*, questo *Monsieur*.

— È arrivato dove mi trovavo assieme ad altra gente; questi hanno montato un palco, lui è salito, e ha detto una cosa che mi ha stupito.

— Stupisci anche me allora!

— Ora che ci penso... come ti avevo detto anche altre persone avevano parlato, ma è solo questa la cosa che mi ricordo, come se tutto fosse stato in funzione di... o comunque che fosse quella la cosa che avrei dovuto sentire.

— Dunque?

— Certo, ora ti stupisco: io pensavo che quella gente andasse a falciare i campi di mais perché non voleva che questo fosse modificato geneticamente.

— E invece?

— Invece Bové ha detto un'altra cosa: "Noi falciamo e dobbiamo continuare a falciare i campi di mais transgenico perché ciò dà senso alla nostra vita. Capisci: non c'entrava nulla il mais!

— Come non c'entrava nulla? Anche quelli che lo piantano potrebbero dire la stessa cosa.

— No, non possono dirlo.

— E perché?

— Perché loro lo fanno per un profitto, non perché è una cosa giusta: afferri la differenza?

— Certo, non sono stupida.

— Il processo è Bové che l'ha subito, è lui e i suoi compagni che hanno infranto la legge. È lui che sbaglia, non sono quelli che l'hanno piantato il mais transgenico.

— Proprio così.

— Però nonostante lui sia sulla strada sbagliata, è solo in quel modo che può percorrere il senso della sua vita, che può dar senso alla sua vita, ed è così che la strada che percorre diviene quella giusta, nonostante sia quella sbagliata. C'è dunque un rischio a percorrere la strada giusta, ma per se stessi ne vale la pena. La legge cerca di regolare i conflitti tra gli uomini, non è fatta per il loro senso, per dar senso alla loro vita, questo lo si percorre solo in ciò che è giusto. Che la legge sia uguale per tutti, non è sufficiente a garantire la correttezza della nostra vita, a garantirci che attraverso la sua osservanza noi siamo sulla strada giusta. È questo quello che ho capito in quel sogno, che è maturato in me in questi giorni. Mi chiedevi cosa mi avesse fatto cambiare idea, la risposta: quel sogno. E il tuo di sogno?

— Lasciamo perdere!

— Perché?

— Il mio sogno non era così chiaro, erano solo delle immagini.

— Che genere d'immagini?

— Dei cavalli.

— Che buffo.

— Non lo so se era buffo.

— E poi?

— E poi non capisco bene se anche io ero un cavallo o chissà quale altra cosa, ma quello che ho percepito è che ero sola e distante da una mandria di altri cavalli, no aspetta, mandria si dovrebbe dire per le mucche, allora stormo? No, stormo di cavalli neppure!

— È per gli uccelli.

— Insomma, questo gruppo di cavalli.

— Brava, gruppo di cavalli, cercheremo poi nel dizionario, io e te non ci siamo proprio con i cavalli, ma dicevi?

— La cosa strana è che io volevo essere una di loro, ma tutte le volte che m'avvicinavo, loro scappavano.

— Hai provato con lo zuccherino, al circo funziona.

— Ma lì non eravamo in un circo, era una prateria, una steppa, o qualcosa del genere.

— Interessante!

— Mi prendi in giro!?

— No, è una bella immagine, una mandria, ops! *Pardon*, un gruppo di cavalli in una prateria: libertà allo stato puro!

— Se lo dici tu.

— Ma piuttosto...

— Piuttosto cosa?

— Non so... non so proprio cosa dirti.

— Non sei obbligato a dirmi qualcosa!

— Vero anche questo.

— Però sai Marco, ora che ci penso... sì: ora credo che questo sogno avesse ha che fare con il desiderio.

— Il desidero?

— Quello che provavo mentre facevo questo sogno era il desiderio d'essere assieme a quei cavalli. Lo desideravo per poter galoppare insieme a loro, per percorrere in lungo e in largo quella prateria; solo che non riuscivo a farglielo capire. Loro mi temevano, avevano paura che avrei potuto ferirli. La mia convinzione è però che entrambi desideravamo la stessa cosa, ma quello che non riuscivamo a fare, era di comunicarcelo.

— Difficoltà a mettere in comune i propri desideri?

— Può darsi.

— Il desiderio difatti è solo una possibilità, non è ancora una realtà, sostenne allora Marco.

— In effetti quando si desidera si desidera sempre qualcosa che non c'è ancora, del quale non ne abbiamo ancora la disponibilità.

— Hai ragione, proprio come il senso della vita, il quale non può mai essere in nessun momento concluso, dato che la vita è perennemente l'atto di compiersi di questo senso.

— Certo, ma io avrei potuto anche andarmene per conto mio nella prateria, non mi servivano gli altri cavalli per farlo, no ti pare?

— È vero.

— E allora perché volevo stare con loro?

— Perché era solo in quel modo che tu non saresti solo andata per la prateria, ma ci saresti cresciuta. Da sola avresti solo potuto muoverti, non crescere.

— Vorresti dire che quel famoso senso della vita non è dunque semplicemente un movimento ma anche un atto in cui avviene qualche cosa, in cui si comprende qualcosa?

— Credo di sì; lo credo perché senza la sua comprensione l'atto in sé non sarebbe in grado di realizzare nulla. L'atto realizza qualcosa solo quando viene a sua volta superato, in questo caso superato dalla sua comprensione. Di fatto è solo comprendendolo che un atto può avere un inizio e una fine, che può entrare in una storia, come dire: quando il Medioevo è iniziato e quando è finito? Quando un periodo storico può essere considerato tale? Sai bene che la questione non è solo un fatto di date, perché un periodo storico non si compone solo da certi fatti che si distinguono da altri, ma dal diverso senso che hanno avuto. Offrire il contenuto ad un periodo storico è dunque stabilire dove inizia e dove finisce. E questo avviene solo tramite la sua comprensione. Non si crea nessuna storia, né personale né collettiva, non si crea nessun senso, solo con il fare, solo con degli atti, ma ciò che serve a dargli senso, è la loro comprensione.

— Ed è per questo che abbiamo bisogno degli altri: per comprendere anche qualcosa di noi stessi?

— Certo. Di fatto senza differenza, senza quella tensione che si stabilisce tra la diversità delle persone, quella tensione che può chiamarsi amore, odio, curiosità, collera ecc., insomma senza questa condivisione dei nostri sentimenti non potremmo nemmeno agire ciò che è la nostra possibilità individuale. Un sentimento, se ci pensi bene, non è nulla se non vi è la sua condivisione, se non c'è condivisione. Pensa ad esempio a tutta quella gente che va in vacanza in posti lontani, esotici, affrontando a volte anche grandi difficoltà, per quale scopo? Sì certo, per fare un'esperienza, per vivere delle cose, ecc., ma poi se quello che hanno vissuto non possono condividerlo con nessuno, a cosa gli è servito? A nulla. Difatti è solo attraverso la condivisione, sia nel momento di fare un'esperienza, o anche magari raccontandolo ai propri amici, che il vissuto personale acquisisce un valore, acquisisce un senso per sé.

— L'uomo dunque secondo te sarebbe come diceva Aristotele: "Un animale sociale"?

— Certo, ma non solo per natura, o meglio, per nulla naturalmente. L'uomo è solo con gli altri che può comprendere chi è, dunque dar senso alla propria vita, ovvero attraverso quel desiderio di stare con gli altri; e quel desiderio non gli nasce naturalmente, ma col bisogno di sapere chi egli è.

— Perciò, seguendo il tuo discorso, dando senso alla propria vita non si dà più senso solo a se stessi, ma anche allo stare con gli altri?

— Potremmo anche dire che lo stare con gli altri dà senso al nostro vivere; esso diviene un valore per gli uomini, i quali non sono più solo un insieme d'individui, ma un'opportunità, ossia ciò che li fa crescere realmente.

— C'è una sorta di reciprocità dunque tra sé e gli altri?

Ma non riuscimmo a terminare il discorso perché Marco fu chiamato d'urgenza, ed io dovetti rispondermi da sola: sì, non poteva che essere così; era per quello che avrei desiderato unirmi a quei cavalli, e poi anche loro provavano qualcosa nei miei confronti, anche se in quel caso, forse, era solo paura.

Quello che mi stupì è che mio fratello non mi disse nulla di Pallanzi. Solo alcuni giorni dopo mi raccontò che erano ad un punto morto dell'inchiesta; ecco perché non aveva detto nulla. Inoltre asserì che se non fosse intervenuta qualche novità, era improbabile che potessero risolvere quel caso. Fu anche per ciò che gli chiesi d'accompagnarmi dove l'avevano ucciso, "chissà, magari la fortuna avrebbe potuto essere ancora dalla mia parte" gli dissi, motivandogli la mia richiesta.

Ci andammo una sera poco prima dell'imbrunire. Il posto era molto simile a quello dove avevo trovato i pezzi bruciati del libro di Zarathustra; ci si arrivava solo per una stradina polverosa e deserta. L'arenile ciottoloso s'apriva su un'ansa del fiume, all'interno di una vegetazione molto fitta e contornata da pioppi altissimi, i quali racchiudevano quel luogo come fosse uno scrigno segreto, oppure la preziosa corte di un castello delimitata da mura inviolabili. Marco m'indicò un grosso ciottolo segnato con della vernice rossa, era lì che avevano trovato le tracce più cospicue di sangue, mentre un altro segno, questa volta giallo, ad una cinquantina di metri distante dall'altro, indicava dove erano stati bruciati i libri. L'ultima piena del fiume aveva però spazzato via anche i pochi residui di cenere che là erano rimasti.

Ci sedemmo in silenzio per qualche istante su quei ciottoli, e poi mi venne da dire:

— Sai Marco, forse per risolvere questo caso bisognerebbe saper applicare lo stesso metodo che il Professore usava per rintracciare i suoi luoghi sapienziali.

— È probabile, solo che il suo metodo, da quanto ormai abbiamo capito, era solo suo, replicò laconico.

Fu dunque nel medesimo silenzio del nostro arrivo che ce ne andammo.

*

Intanto la nostra piccola comunità di spiriti liberi, mi piace chiamarla così, si delineava in modo sempre più chiaro.

Avevamo un nuovo appartamento, molto più grande e spazioso del precedente, ed ognuno poteva disporre di una propria camera; inoltre un paio erano persino rimaste libere. Nel frattempo Lù proseguiva la sua ricerca di dottorato, Marco di criminali, Zon era dedita ai preparativi per una mostra, Gesy a quelli di divenire mamma; e sì: era successo!

Ed io?

Ed io come al solito... ancora niente!

No, non diciamo così, io mi prodigavo affinché tutto funzionasse! In pratica mi occupavo della casa, delle spese, aiutavo Zon ad allestire i pannelli della sua mostra, andavo con Gesy ad acquistare i vestitini della mia futura nipotina, m'interessavo alle inchieste di Marco, e poi discutevo con Lù il modo per procedere nelle sue ricerche.

Ne facevo di cose: no?

Intanto questa nostra esperienza aveva travalicato le mura domestiche. Lù ne aveva parlato all'università, dopodiché era stata invitata ad una conferenza. Fu dopo quell'evento che iniziammo a ricevere delle e-mail da studenti che erano interessati ad avere più informazioni sul nostro vivere assieme.

Anche il professor Gill aveva dimostrato un certo interesse, e così lei l'aveva invitato da noi una sera a cena. Quello che stupiva la gente era che il nostro stare assieme non aveva finalità né religiose, né politiche, né di convenienza... Non c'eravamo messi assieme per condividere l'amore per Dio, ad esempio, oppure per fare delle battaglie politiche, o anche solo per dividere le spese, come fanno moltissimi studenti o lavoratori che non possono permettersi un appartamento per proprio conto. Il nostro era solo il desiderio di dare un volto a quell'attrazione reciproca che esisteva tra noi, semplicemente per quello che eravamo come persone, e non per una qualsiasi ideologia sovrapersonale. Ognuno era perciò un essere a sé, da non confondere con gli altri, con la propria esperienza, la propria intelligenza, bellezza interiore ed esteriore; ognuno di noi era un mondo da scoprire: ecco il nostro ideale!

Il nostro vivere assieme aveva questa finalità: permettere di conoscerci, scoprirci, arricchirci gli uni degli altri. Era questa la cosa che animava il nostro stare assieme, ed era anche per ciò che le nostre discussioni erano generalmente interminabili; difatti una delle poche cose che avevamo capito era che nessuno avrebbe mai dovuto vincere! Tacitamente avevamo bandito tra di noi la competizione, conscia od inconscia che fosse. Nelle nostre discussioni non ricercavamo mai una tesi vincente, non volevamo fare delle dispute, quello che contava era che ognuno portasse qualcosa di suo, del suo vissuto, di ciò che non poteva appunto che essere solo suo, affinché tutti, per meglio comprendere, potessimo avvantaggiarci. Era per questo che non potevano esserci vincitori, perché nell'esperienza personale non ci sono mai ragioni più vere delle altre, ma solo esperienze diverse, e queste, se sapevamo riconoscerle, erano la ricchezza che avremmo potuto condividere. Non c'era dunque una verità che avrebbe potuto trionfare, così come nemmeno qualcuno o qualcosa che avrebbe potuto primeggiare su qualcun altro. Per questo motivo non avevamo regole dette o scritte da nessuna parte, proprio perché mai nessuno avrebbe potuto in alcun modo proferirle. Se c'era una misura che potevamo offrirci, questa nasceva nel momento in cui ne discutevamo. Era questa la dimensione del nostro stare assieme. Non c'erano delle leggi sovrapersonali, ma dei problemi d'affrontare, delle difficoltà da superare, e solo nel momento in cui prendevano forma: mai prima dunque, mai dopo! Stavamo elaborando una sorta di nuovo modo di vivere assieme, e probabilmente senza nemmeno rendercene troppo conto. In effetti le situazioni si erano create un po' alla volta, senza nessun piano o progetto prestabilito. C'eravamo certamente trovati a vivere assieme per motivi diversi, ma in fondo a noi sapevamo che era perché ne avevamo avuto la medesima esigenza: il nostro desiderio; e quello che stavamo esperimentando era appunto l'atto di continuare a desiderare, mettendolo alla prova, partecipandolo, quell'unico nostro desiderio comune.

*

La mostra di Zon ottenne diversi articoli sia su dei quotidiani locali che su alcune riviste specialistiche. Il titolo, attirando l'attenzione dei media, aveva giocato un ruolo importante: *Perché i Greci non riuscirono mai a sconfiggere le Amazzoni.*

Zon non smetteva di stupirmi; ci raccontò che durante la zuffa con Lucio ed Andrea all'aeroporto aveva messo in automatico la sua macchina fotografica, la quale intanto che l'impiegava per dar mazzate a quei due, continuava a scattare fotografie. Il risultato furono più di seicento stampe che utilizzò per integrare, su delle gigantografie, le parti mancanti dei reperti del mausoleo d'Alicarnasso. In quegli elementi scultorei appartenenti per lo più ai frontoni del mausoleo di quella che era considerata, alla stregua del tempio di Artemide ad Efeso, una delle sette meraviglie del mondo, erano raffigurate delle scene di battaglia tra Greci ed Amazzoni, che la tradizione vuole venissero appunto da quelli sconfitte. Le foto delle sculture conservate a Londra erano in bianco e nero, mentre quelle scattate da Zon possedevano contrasti cromatici intensi e vivi, producendo così una tensione evidente tra antico e moderno, così come anche un senso di continuazione tra epoche apparentemente così distanti. Inoltre l'aspetto deteriorato e discontinuo dei reperti archeologici si accomunava assai bene con gli scorci casuali degli scatti di Zon, i quali erano divenuti anche il ricordo del nostro trionfo, e non solo su due persone, ma su ciò che queste rappresentavano: l'ignoranza e la prepotenza, nel loro peggior connubio! L'insieme delle stampe era poi montato su dei pannelli che riproducevano, in scala ridotta, la fisionomia dei frontoni del Mausoleo come dovevano apparire originariamente.

Io e Lù eravamo veramente fiere di quell'esposizione, ma soprattutto l'eravamo della capacità inventiva di Zon. Marco e Gesy invece, seppur non avessero vissuto quei fatti in prima persona, rimasero contagiati dal nostro entusiasmo, a tal punto che mio fratello si spinse persino ad invitare alcuni suoi colleghi all'inaugurazione della mostra, senza però ottenere il riscontro sperato.

Il professor Gill invece, che nel frattempo era divenuto referente di Luisa per il dottorato, accettò l'invito, e una sera perciò venne a cena da noi.

— E così è all'insegna del comunismo dei desideri che avete scelto di vivere? Esordì subito dopo le presentazioni.

Ci guardammo e poi io chiesi:

— È così?

Allora Lù accennò:

— È una definizione che certamente racchiude qualche cosa di vero, ma non è un dogma.

Marco invece sostenne:

— Sì, il comunismo dei desideri è un'espressione che offre bene l'idea di ciò che vogliamo condividere, di quello che vogliamo mettere in comune.

— Mettere in comune noi stessi piuttosto che i nostri averi, continuò Gesy.

— E tu cosa ne pensi? Fece il profe rivolgendosi a Zon.

— Io? Io non penso nulla, io fotografo, gli rispose sorridendo, ma poi aggiunse: fotografo il nostro stare assieme, cerco d'offrirgli un'eternità, quella giusta spero.

— Appunto, la giusta eternità, quella che ogni divenire dovrebbe meritarsi, continuò Gill, quello che ogni desiderio dovrebbe ricercare, se non vuole rimanere solo un desiderio.

— Ma qui ci stiamo già dimenticando in forno l'arrosto, s'allarmò allora Lù, sentendo il tipico odore di bruciato.

Difatti quando fu servito era quasi immangiabile. Tuttavia nessuno se ne fece un gran problema, dato che la discussione appariva molto più interessante di quello! A quel punto dunque Luisa chiese a Gill:

— Cosa intendi con un desiderio che non resti solo un desiderio?

E lui rispose:

— Intendo dire che un desiderio, seppur condiviso, per conto suo non garantisce nulla.

— Come nulla! S'accese immediatamente Zon, e cosa ci sarebbe di più autentico di un desiderio, cosa potrebbe corrispondere di più a ciò che si è?

— È qui che ti sbagli: un desiderio non è ciò che uno è, ma piuttosto ciò che vuole, che vuol essere, e questo volere non per forza coincide con ciò che si è, chiarì il profe.

— Ma allora secondo te a cosa ci si dovrebbe ispirare per essere ciò che si è? Domandò Gesy.

— Alla verità, rispose lui.

— Ma la verità ha fatto il suo tempo, osservai, anche perché tutti coloro che sostenevano di possederla poi sono stati anche coloro che hanno commesso i crimini peggiori; un esempio per tutti: le guerre di religione!

— Ma io non ho detto che la verità deve essere posseduta, la domanda di Gesy era: "A cosa ci si dovrebbe ispirare?" La verità difatti non la si può possedere, ma solo cercare.

— Intendi dire che ci debba essere piuttosto un desiderio di verità, che non uno stare nella verità? Ripropose Lù.

— Proprio questo, fece il profe. Il desiderio, se non è desiderio di verità, non è una garanzia per il senso dell'esistenza. Difatti non c'è nessuno che sia estraneo a possedere un qualche desiderio: tutti abbiamo desideri! Anche chi mente in continuazione in fondo lo fa perché desidera qualcosa, anzi, più il desiderio è forte, e più quella persona è disposta a tutto, persino a perdere l'anima: l'autenticità del suo vivere. Come dicevo:

anche la menzogna è frutto del desiderio. In fondo qual è il movente del mentire? Quello d'ottenere qualcosa; qualcosa che si desideri! Difatti non si mente mai per giustizia, ma perché si vuole qualcosa, anche semplicemente che il proprio desiderio non venga scoperto.

— Certo, però quando si deve sfuggire da un qualche mostro la menzogna può essere anche un bene, può permetterci di sopravvivere! Affermò Gesy coinvolta.

— Perfettamente d'accordo, rimarcò Gill; anche se in quel caso non stiamo parlando di perseguire un ideale, ma piuttosto quello di poter sopravvivere; se ci pensi bene non è la stessa cosa.

— Allora potremmo anche dire che la menzogna ci può permettere di sopravvivere, ma che è solo attraverso il desiderio di verità, e non il semplice desiderio di qualcosa, che possiamo avere una certa garanzia che quello che stiamo facendo appartenga al senso del nostro esistere, che appartenga al nostro destino? L'interpellò Marco.

— Sì, è proprio questo ciò che volevo dirvi. Con un esempio potremmo anche dire che se un elefante fosse convinto d'essere troppo pesante per poter volare, e che per potersi librare nel cielo come fa una farfalla dicesse sempre e a tutti che egli non è un elefante bensì una farfalla, finendo per convincersene egli stesso, questi non potrebbe che perdere la verità del suo essere, in definitiva se stesso, dato che persino smettendo completamente di mangiare non potrebbe mai volare come appunto fa una farfalla. Vivendo una vita diversa da ciò che è, in un certo senso finirebbe per tradire anche il suo destino, ciò che è il senso del suo esistere.

— E se al posto di un elefante che desidera essere una farfalla ci mettessimo semplicemente una donna che non desidera un uomo ma solo un'altra donna, la questione come si dovrebbe porre? Fece Zon.

— A mio avviso se quella è la verità del suo essere, allora mi pare ovvio che se amasse un uomo probabilmente compirebbe il suo più grave errore. La verità della vita non ci è mai offerta definitivamente, ma si compie sempre nell'atto di vivere, del proprio divenire. La verità definita a priori è quella dei pregiudizi, quella delle guerre di religione, per intenderci. Diversamente la verità del divenire è invece qualche cosa che solo si può cercare, ed è perché possiede questa caratteristica che essa può congiungersi al desiderio; perché come si desidera solo ciò che non si ha, così anche la verità non la si può possedere, ma solo auspicare, cercare. Un desiderio di verità dunque, a diversità di un semplice desiderio, è la possibilità per le persone di divenire ciò che sono; ma attenzione: senza poterlo mai essere definitivamente; proprio perché queste sono nell'atto del vivere, proprio perché vivono e stanno divenendo altro. La ricerca dell'autenticità di se stessi non è dunque data al di fuori di sé, non si mostra occasionalmente, non accade per fortuna, ma nell'impegno costante d'essere quello che sentiamo d'essere; e ciò in tutti i momenti che compongono la nostra vita. Ed è anche per questo motivo che si deve possedere un senso critico, ovvero si deve sempre cercare l'origine delle nostre idee, come si sono formate, per quali motivi nascono in noi, domandandoci costantemente se ci corrispondono, dubitandone. Difatti il solo fatto che vivano in noi non ci garantisce per nulla dall'eventualità che possano anche essere frutto di una volontà che non ci appartenga; altrimenti brancoliamo nel buio, e quello che è peggio: senza rendercene conto.

— Vuoi dire che questo desiderio di verità, che può aiutarci ad essere ciò che siamo senza mai poterlo essere definitivamente, avviene soprattutto nella nostra coscienza, ossia nel distinguere ciò che è l'autenticità del nostro desiderio da quello che invece gli altri vogliono da noi, da quello che loro credono che siamo? Gli chiese Luisa.

— Se intendi con questo termine essere onesti con noi stessi, non raccontandoci delle frottole solo per giustificare la paura che sovente ci porta ad accondiscendere quello che gli altri ci chiedono, allora in questo senso sì, possiamo benissimo chiamarla coscienza.

Il professor Gill era un uomo che aveva fatto dell'insegnamento non solo una professione: in ciò che diceva si percepiva una passione di fondo, e nonostante in qualche caso potesse sembrare troppo "professore", questo suo atteggiamento non si dimostrava pedante; appariva piuttosto un'impellenza: quella di mettere in comunione con gli altri il proprio vivere, il proprio mondo interiore.

Era perciò bello sentirlo parlare, anche perché il suo non era un semplice discorrere con l'intento di far sì che gli altri condividessero le sue idee; il professor Gill ascoltava anche gli altri, interagiva con ciò che gli si chiedeva, non lo considerava solo un'obiezione, ma piuttosto un ulteriore stimolo al perfezionamento di ciò che si stava dicendo.

E fu così che arrivammo al dolce. Gesy aveva preparato una torta di mele secondo una ricetta tradizionale della sua terra: squisita! Fu proprio anche l'unico momento in cui per qualche attimo in tavola regnò il silenzio. Colsi perciò l'occasione di chiedere al profe se era al corrente delle ultime visioni di Pallanzi.

— Stai per caso parlando di quella enigmatica figura di donna che gli è apparsa nei pressi della cascata di Silvaplana?

— Sì, quella.

— Diego non me ne aveva parlato, questa storia m'era stata raccontata da Ghirardi, il dottorando.

— E cosa ne hai pensato?

— A dire il vero era piuttosto normale per lui avere di queste visioni.

— Normale? Sostenne allora mio fratello. Saprai di certo anche della richiesta fatta a Ghirardi.

— Intendi d'ucciderla? Sì, anche questo, seppur mi rendo conto possa sembrare un po' insolito, era piuttosto normale per lui.

— Facci capire per favore.

— Diciamo che forse in questo caso la visione gli era divenuta un po' troppo assillante, ed è anche per questo che poi ha esagerato un po' troppo col ragazzo, ciononostante bisogna dire che era una modalità che Diego usava spesso, soprattutto per mettere alla prova le persone che lo circondavano.

— A te non è mai successo nulla del genere? Chiese allora il profe a Luisa.

— No, non mi ha mai fatto richieste del genere, e poi fece una lunga pausa.

— Allora vuol dire che di richieste te ne ha fatte? Le domandai vedendola titubante.

— Devo dire che non mi ha mai chiesto d'uccidere nessuno, questo no, però quando lo accompagnai ad Efeso, e un po' mi vergogno a raccontare questa storia, quasi mi obbligò ad entrare nuda in un fiume perché sosteneva che quello sarebbe stato l'unico modo per esperimentare un detto di Eraclito.

— Come nuda! Esclamò Zon.

— Nuda vuol dir nuda! Si spazientì Lù.

— No, non volevo sapere come, ma se dovevi farlo nuotando, camminando...

— No, mi aveva detto che avrei dovuto aggrapparmi ad un palo, dov'era legata anche una barca, e che dovevo restare immobile almeno per un'ora.

— E tu l'hai fatto? Domandò allora Gesy.

— Sì.

— Ma poi qual'era il detto?

— Quello che dice: "Sempre e mai si entra nello stesso fiume".

— E Pallanzi cosa faceva mentre tu eri nell'acqua? S'incuriosì Marco.

— Non lo so, se ne andò via.

— E tu ci sei rimasta?

— Sì certo.

— E cosa hai capito? Chiese allora Zon.

— Nulla!

Al che tutti scoppiammo a ridere, ed anche Lù si sentì un po' meno indagata, ma poi Marco continuò:

— E alla fine cosa ti ha detto?

— Quando l'ho rivisto rideva anche lui; gli ho chiesto se era stato uno scherzo, ma finì per dirmi: "Tutta la vita può essere considerata uno scherzo, ma in ogni caso quello che è certo è che questo scherzo serve al destino." E poi mi chiese: "Sei allora riuscita ad imprimere l'essere al divenire?"

A questo punto anche il professor Gill incuriosito si rivolse a Lù:

— E tu cosa hai risposto?

— Gli ho detto che era stata la prima volta in cui potevo dire d'essermi percepita completamente, e se quella mia totalità coincideva con il mio essere, allora sì, quel divenire del fiume che sentivo scorrere sulla mia pelle, facendomi percepire d'essere sempre ciò che diviene altro, era riuscito ad imprimere in me un sentimento di stabilità.

Al ché il profe ci raccontò:

— Questa d'imprimere l'essere al divenire era una sua fissazione. Già ai tempi di Friburgo, quando lo conobbi, ne parlava spesso. Imprimere l'essere al divenire era un'idea piuttosto enigmatica di Nietzsche, ma Diego la considerava una vera e propria idea guida, in cui il pensiero del tedesco si ricollegava ad Eraclito. Difatti l'unione degli opposti era un tema ricorrente nell'Oscuro. Secondo Diego il fatto che la verità non dimori nella logica, ma piuttosto nell'ambiguità paradossale che unisce gli opposti, come avviene appunto tra la stabilità dell'essere e il mutamento del divenire, permetteva la relazione tra realtà e immaginazione. Infatti era quel paradosso che poteva aprire la realtà al possibile, alla sua virtualità, da intendersi questa come il potenziale dell'essere; l'apriva all'uomo, non come entità oggettiva a sé stante, ma come colui che diviene, nel corso della sua storia, altro. Era per questo che Diego non ricercava mai una verità inoppugnabile, ma piuttosto qualcosa di vero per l'uomo, ossia una verità dal punto di vista del significato, di quello che tramite la sua capacità di significare l'uomo poteva comprendere di sé. Quest'interesse era anche ciò che animava il suo metodo, il quale non poteva dunque avvalersi né della numerazione astratta, né di un'oggettività stabile e verificabile.

— E le visioni che aveva erano dunque un modo, come le verità oracolari, di significare la realtà attraverso un senso che la scienza non è in grado d'offrire? Gli proposi.

— Credo di sì. Le sue visioni erano probabilmente frutto, come tutte le visioni, di una suggestione, o se volete di un'autosuggestione. Non avevano nulla di scientifico, erano solo sue; in pratica si mostravano come le immagini di un sogno, ma quello che lui era riuscito a sviluppare, era di saperle evocare anche nello stato della veglia, coscientemente.

— Le visioni erano dunque una specie di linguaggio onirico? Riformulò Marco.

— Sì, erano qualche cosa che come i sogni vanno interpretati, un linguaggio evocativo insomma, il quale deve essere decifrato per comprenderne il senso. Pensa ad esempio a quella donna che gli era apparsa a Silvaplana.

Al che intervenne Luisa:

— Se Pallanzi fosse vissuto all'epoca della Grecia antica, avrebbe potuto affermare che quella era una dea, e nessuno probabilmente avrebbe avuto nulla da ridire.

— Esattamente, sostenne Felix. Era un'immagine subconscia affiorata dall'oblio di chissà quale tempo, ma era però anche qualcosa che gli offriva la comprensione d'altro, di qualcosa che in nessun altro modo avrebbe potuto afferrare, men che meno coscientemente.

— A cosa ti riferisci in particolare? Gli chiesi prima che divenisse troppo incomprensibile.

— Quella donna se lo ricordate bene gli era apparsa con due nuvole ai lati del capo, una d'insetti, moscerini, e l'altra fatta di numeri.

— È vero, aveva colpito anche me questo particolare piuttosto enigmatico sostenni.

— Se vi ricordate poi anche il motivo per cui Diego si trovava presso quella cascata, potete facilmente intuire che quei moscerini, alla stregua di una nuvola quantica, potessero rappresentare una sorta di casualità dei fenomeni naturali, proprio come il rifrangersi dell'acqua di una cascata, mentre i numeri che appartenevano all'altra nuvoletta potevano benissimo rappresentare la possibilità di comprensione dei rapporti, la loro struttura, la loro possibilità di venir ordinati all'interno della comprensione, ma solo perché essi sono stati trasformati in quantità, ossia in esseri fissi ed immutabili. Ciò era in fondo anche quello che aveva affermato Nietzsche quando aveva sostenuto che se fosse potuta esistere una mente onnisciente, l'apparente casualità di tutte quelle infinite gocce d'acqua che nello scorrere componevano la cascata avrebbe potuto essere compresa, essere prevista. Come dire: una mente onnisciente che in ogni caso non potrà mai essere umana, ma bensì appartenere ad una dimensione complessiva, a quella dimensione che è la regola intima di tutto ciò che esiste. Questa dimensione complessiva, questo ordinamento generale, questa sorta d'orologio cosmico, era per Nietzsche l'eterno ritorno dell'uguale, ossia il principio metafisico che l'uomo psicologicamente non può comprendere, proprio perché egli non è la totalità, ma solo una parte di quella. L'uomo non può comprendere nella sua interezza il cosmo, proprio perché egli è un essere finito, un essere che termina, che può scorgere sempre e soltanto la parzialità; ed è anche grazie a questa parzialità che l'eterno ritorno dell'uguale, come eterno ritorno del parziale, è possibile. Ma l'eterno ritorno nella sua interezza non è parziale. Per Nietzsche l'eterno ritorno è quindi la regola complessiva dell'universo, ed è in questo essere regola che esso può venir compreso. L'eterno ritorno ordina la realtà, non è la realtà, proprio come l'infinito, che ordina il finito, e che non si trova in nessuna parte di quello.

— E tutto in quelle due piccole nuvolette? Feci sorridendo.

Quello che era certo è che neanche il professor Gill mancava d'immaginazione.

— Te l'ho detto, le sue visioni si costituivano come una sorta di linguaggio che deve essere decifrato per comprenderne la portata effettiva.

Questa lunga chiacchierata con il profe ebbe in ogni caso il merito di far scattare nella testa di Zon qualcosa. Difatti il giorno dopo mi chiese di condurla dove Diego era stato ucciso. Mi disse che voleva fare delle foto, e questo da parte di Zon non mi sembrava affatto sorprendente. L'informai che la polizia aveva già eseguito tutti i rilevamenti del caso, ma mi resi subito conto che non era quello che le interessava. Lei sostenne invece che anche la macchina fotografica aveva la capacità d'imprimere l'essere al divenire; anzi, a suo avviso era una delle cose che quell'arnese sapeva far meglio.

— E quale sarebbe il tuo intento? Le chiesi.

— Voglio fissare l'essere di quel luogo all'interno del suo divenire.

— Ma a quale scopo?

— Questo non lo so ancora, e devo dire che mi sorprese, ma se per Pallanzi quella era una cosa importante, continuò lei, può darsi che attraverso la macchina fotografica anche noi riusciremo a scoprire qualcosa. Farò come i turisti che quando vanno in vacanza in qualche luogo particolarmente ricco di monumenti ed opere d'arte, senza preoccuparsi di veder nulla con i propri occhi, fotografano in continuazione.

Anche a me questa cosa dei turisti m'era sempre apparsa un po' stupida, nonostante sia ciò che il più delle volte faccio anch'io. Difatti non avevo mai capito perché tutti abbiamo preso questa mania che una volta sembrava appartenere solo ai giapponesi. Questo continuo fotografare come se fosse un'ossessione, senza permettersi di gustare mai nulla con i propri occhi. Ma Zon di questo fatto mi diede una spiegazione plausibile: "I turisti fanno così perché sanno già in partenza che non riusciranno ad osservare nulla. Gli stimoli sono talmente sovrabbondanti che le capacità individuali di comprenderli sono nettamente inferiori, pertanto un turista alla fine può vedere tutto con i propri occhi, ma non sarà in grado d'acquisire nulla come esperienza; come dire: può vedere tutto ciò che c'è da vedere, ma non riuscirà ad osservare nulla. Ed è per questa carenza che viene in aiuto la macchina fotografica, la quale, come una sorta di registratore che rende illimitato l'accesso alla visione, offre la possibilità di comprendere ciò che si vede." Ed era in questo senso che secondo lei la fotografia poteva imprimere allo scorrere del tempo un proprio essere, fermandolo in una sorta di stabilità, fissandolo in una propria definizione.

Dopo queste sue precisazioni non potei sottrarmi d'accompagnarla dove mi chiedeva.

Appena giunte in quell'ansa del fiume si sbizzarrì.

Non seguiva un ordine preciso, ma piuttosto fotografava tutto quello che le piaceva, passando dalla corteccia degli alberi ai riflessi dell'acqua, dalle ombre dei ciottoli, ai resti lasciati dalle piene del fiume: fotografava, fotografava, ed io la guardavo divertita.

Mi diede anche alcuni baci tra una foto e l'altra, perché era un buon modo per cogliere tutte le sfumature di quel luogo, mi disse; e come darle torto!

Quando tutte le foto furono sviluppate le raccolse disordinatamente sopra un tavolo. Ci mise al corrente che quello si sarebbe chiamato il *Cumulo di Boscomantico*, e invitò ognuno di noi, di tanto in tanto, a gettargli un occhio. C'è da dire che quel tavolo divenne la sede di una sorta di mostra progressiva; difatti Zon ritornava spesso in quell'ansa a scattare fotografie, le quali man mano che si accatastavano casualmente, interagivano anche in modo sempre nuovo tra di loro, quasi fossero una sorta di cascata d'immagini che attendevano costantemente d'essere fissate dal nostro sguardo, dalla stabilità della nostra comprensione.

Ci andò persino di notte con Marco, ci andò sotto la pioggia, alle prime luci dell'alba, all'imbrunire... finché un giorno, osservando il *Cumulo di Boscomantico* distrattamente come spesso mi succedeva, mi si fermò l'attenzione su una stampa dove s'intravedeva una casupola. Tutti avevamo sempre pensato che quell'ansa fosse talmente avviluppata dalla vegetazione che oltre alla solitudine del fiume e del suo arenile, nient'altro si potesse scorgere. Invece oltre le chiome d'alcuni pioppi ripiegati dal vento si poteva notare, su una collina non molto distante, una casupola. Sulle prime rimasi stupita da quel fatto, ma poi il solito odore d'arrosto che bruciava in forno mi richiamò d'urgenza.

Fu solo assieme a Marco e qualche giorno dopo che mi ricordai di quella foto. La cercammo e ritrovandola finita sotto tante altre mio fratello si ricordò che anche la sera in cui era avvenuto l'omicidio c'era un forte vento; tant'è che alla guida della sua autovettura, e in compagnia della sua amante, il rappresentante d'articoli religiosi aveva dovuto arrestarsi perché il cappello del Professore era finito in mezzo alla strada.

Forse non voleva dire nulla, poteva anche essere solo una coincidenza, ma Marco pensò che al momento in cui Pallanzi fu ucciso da quella casa qualcuno avrebbe potuto scorgere qualcosa. Al punto in cui si trovava l'inchiesta, anche una piccola testimonianza avrebbe potuto far la differenza. Certo, si doveva sperare d'aver molta fortuna perché un'ipotesi del genere potesse avverarsi, ma in ogni caso, così sostenne mio fratello: "Quando non vi sono spiragli, anche il lumicino più esile è degno d'essere perseguito".

E questa fiducia, devo dire, venne ripagata!

Non ebbe torto difatti, fu proprio quel lume a permettere la soluzione del caso. Il caso giudiziario certo, perché per l'altro, quello rappresentato dalla verità della sua esistenza, per quello non c'erano soluzioni!

Questo secondo caso Pallanzi difatti era ed è l'enigma che si cela dietro ogni desiderio di conoscenza, e rappresenta la perenne incognita di ciò che dobbiamo considerare vero per davvero. Questo caso non avrebbe dunque mai potuto essere risolto, era chiaro, e personalmente, al punto in cui ero, nemmeno avrei voluto! Difatti era di un enigma così che avrei sempre avuto bisogno; perché, e me ne stavo sempre più convincendo, senza la ricerca di una comprensione delle cose, nessuna strada era realmente percorribile. Ed era su questa strada che avevo incontrato Marco, mio fratello, Gesy, la donna dei suoi sogni, dei nostri sogni, Luisa, la rivincita dell'intelligenza e dell'amore, e Zon, l'immensità del coraggio e dell'immaginazione. Era su queste differenze che le nostre possibilità individuali stavano imparando a dialogare; ed era l'unione di queste differenze che ci stava permettendo un nuovo inizio, una nuova origine.

Tuttavia un'origine, seppur nuova, non poteva ancora essere considerata un destino. Quest'ultimo doveva continuare ad essere percorso nella condivisione, per divenirlo. Dunque era per questo che avevamo bisogno di mettere assieme i nostri desideri, di accomunarli ed indirizzarli sulla stessa via, perché solo in questo modo sarebbe stata superabile l'insensata desolazione del dover morire. Solo in questo modo la tragicità del nostro essere avrebbe potuto trasfigurarsi in quella verità eterna che ci comprende. Era una speranza, una scommessa, un debito con noi stessi; un debito con tutti coloro che nella vita ci avevano prima spiegato, e poi dimostrato, come dover comprendere il mondo. Erano loro i migliori insegnanti; erano loro che si meritavano pienamente il titolo: Professore.

Epilogo

Dal verbale di polizia

Oggi in data odierna presso la locale Questura di polizia di Verona io [segue nome] Ufficiale verbalizzante e [segue nome] Ispettore di polizia incaricato delle indagini preliminari dal Signor [segue nome] Procuratore distrettuale della Repubblica italiana, poniamo a verbale la testimonianza del Signor [segue nome] di professione Vigile urbano presso il locale comando di Polizia urbana del comune di Verona, il quale, a seguito d'alcune domande del suddetto Ispettore, si dichiara colpevole dell'omicidio accorso in data [segue data] del Signor Pallanzi Diego, di professione insegnante presso l'Università Statale di Verona.

Di seguito viene riportata la dinamica dei fatti come enunciati dal reo confesso.

Il suddetto, che per brevità nomineremo con le iniziali C.C., dichiara che appena raggiunta la propria abitazione sita in [segue indirizzo] a termine del consueto turno di servizio giornaliero, ebbe occasione d'intravedere dalla finestra del proprio domicilio, nei pressi dell'Adige, un individuo intento ad appiccare un fuoco. Preoccupatosi perché le fiamme favorite dal forte vento che quella sera imperversava avessero potuto alimentare un rogo di dimensioni incontrollabili, inforcò lo scooter di suo figlio [segue nome], che si trovava nell'abitazione intento ad adempiere ai propri doveri scolastici, per raggiungere celermente con il suddetto mezzo la località suddetta. Giunto sul posto intravide da subito un signore intento ad allontanarsi dal falò, il quale al momento in cui lo incrociò gli proferì le testuali parole: "Finalmente l'ho uccisa, ora non potrà più nuocermi!"

Al che, come più volte nell'esercizio delle sue funzioni di difensore dell'ordine pubblico era stato portato a fare, il signor C.C. rivolgendosi allo sconosciuto (che solo poi riconobbe tramite i giornali essere il professor Pallanzi Diego), lo esortò a rispondergli: "Chi hai ucciso?"

Alla domanda il Professore non dette risposta alcuna, ed evidentemente contrariato s'allontanò a passo sostenuto. Fu solo a questo punto che il signor C.C., osservando con più attenzione il falò, scorse una sagoma umana avviluppata dalle fiamme, e intimò per ben tre volte l'altolà allo sconosciuto. Riscontrato che questi non intendeva eseguire l'ordine, il signor C.C., che aveva già al primo avvertimento estratto dalla fondina l'arma d'ordinanza, mirando alle gambe del fuggitivo esplose due colpi.

"Sciaguratamente", secondo le testuali parole del signor C.C., i colpi raggiunsero mortalmente l'uomo, "ed io", sempre secondo il racconto del signor C.C., "non seppi più cosa fare; mi diressi verso il falò e resomi conto che quest'ultimo non era alimentato da un corpo umano ma bensì da alcuni libri disposti a tal guisa, attonito e sempre più impaurito dal concatenarsi di quelle tragiche fatalità, ma anche preoccupato per le ripercussioni che tale errore avrebbe potuto avere sulla mia carriera professionale, decisi alla bell'e meglio di gettare il corpo in acqua, e con i mezzi di fortuna trovati in loco, cancellare le tracce dell'incidente."

Per tutti gli usi consentiti dalla legge.

Fatto a Verona il [segue data]

In fede [seguono firme]

www.temperino-rosso-edizioni.com

www.ingramcontent.com/pod-product-compliance
Lightning Source LLC
Chambersburg PA
CBHW061456030726
47503CB00005B/1729